我依然心繫於你

あまさきみりと
Illustration フライ

1

Kadokawa Fantastic Novels

I'm still thinking about you.

Contents

序章

我覺得——自己什麼時候死都無所謂。

逃避青春的垃圾的末路……到頭來就是這樣。

在醫院聽見等同於宣告死期的說明時，我茫然地沉浸在自虐的想法中。

白袍醫生散發沉重的氛圍。他之後說的一長串話統統從我的左耳進右耳出，離開瀰漫藥味的正方形診療室後，我仍舊毫無半點空虛感。我不能有。

手中拿著的是由其他人出錢的智慧型手機。

我隔著畫面瀏覽現在流行的社群遊戲和動畫的資訊，坐在停在停車場的小貨車的副駕駛座，驅使放空的大腦思考。

糟糕，忘記解每日任務。

提早跑個長時間遠征好了。不練等的話活動會打得很累。

都到秋季動畫的時期啦……我連夏季動畫都還積了一堆沒看。

日復一日。

除了睡眠時間外，我的大腦只會用來想這種事。

就算得知自己死期將近——最深層的思考迴路還是沒有絲毫變化。

「你這麼閒，是不會幫忙發動車子、開個暖氣嗎？很冷耶，笨兒子。」

駕駛座的車門被粗暴地打開，一名女性皺著眉頭，一副悶悶不樂的樣子鑽入車內。

她頂著睡覺時壓出弧度的玫瑰褐長髮，雙耳戴著閃閃發亮的耳環。

身穿褪色的牛仔褲和男用羽絨背心，有點髒掉的運動鞋踩在腳邊的踏板上。

我繼續滑手機，盯著液晶螢幕詢問那名中年女性……不對，自己的母親。

「妳跑哪去了？」

「……啥？去便利商店買咖啡和肉包啊。」

「去個便利商店怎麼那麼久？」

「囉嗦。才過兩分鐘左右吧。」

不，我覺得等了十五分鐘以上。雖然幼稚的母親八成會堅持只有兩分鐘。

那咄咄逼人的語氣和莫名緊繃的表情讓我覺得她以前果然是不良少女。媽媽發動小貨車，調高了車內的暖氣溫度。

她在塑膠袋裡翻找，遞出另一個肉包。

「你可以吃一個。邊吃邊感謝跟聖母一樣溫柔的媽媽吧。」

「我沒錢。」

「我打從一開始就沒期待你付錢。你從來沒給過我錢吧。你一天到晚拿在手上玩的手機和今天的掛號費，你以為是誰出的？」

她理所當然似的嗤笑我。我一句話都說不出來，真的。

香噴噴的肉餡蒸氣竄入鼻間，我從剁成兩半的肉包的其中一半咬了下去。

用別人的錢吃的飯真美味。「我好廢」、「我好慘」這種負面情緒在很久之前就消失了。家人請的肉包是禁忌的美味。用家人的錢玩的社群遊戲感覺罪孽深重。

媽媽吃完自己的肉後熟練地換檔，開出綜合醫院的停車場——

「嗚哇啊啊啊！呃啊！怎、怎怎怎、怎麼了？」

車子在開車的瞬間豪邁地熄火！

車身往前後左右劇烈搖晃，害我忍不住發出狼狽的驚呼。儘管短短幾秒就停下了，我和媽媽都被震得趴在安全氣囊上。

我上次遇到車子突然熄火是在駕訓班的時候，而就我所知，平常習慣開手排車的媽媽還是第一次犯這種失誤……

「……加油好嗎？」

「……嘖，閉嘴啦。我從小就是冒失鬼。」

那彷彿在表示「別再吐嘈，別再鬧了，小心我殺了你」的咂舌和猛獸般的目光離冒失鬼差了十萬八千里。我決定先閉嘴，不然她可能會一拳揍過來。

媽媽繃緊神經，這次俐落地發動車子，打方向盤開往家裡的方向。

「……欸，媽。」

「幹嘛？你該不會身體不舒服吧？」

我對難得關心我的媽媽產生罪惡感，雙手合掌低下頭。

「難得來市中心，麻煩載我去ＴＡＴＳＵＹＡ一趟！」

「啊？小心我把你從窗戶丟出去。」

媽媽不耐煩地駛向出租店。她基本上還是很溫柔、相當寵我的。不過，說她的長相跟個性有反差，她會生氣。

我用媽媽的錢買了一堆漫畫和遊戲，催促駕駛快點回家，離開市中心。

經過約四十分鐘的車程，大部分的風景都被水田和森林支配。

稻子也將收割完畢的季節。

大部分的水田都已經把水放掉，變成乾燥的土黃色。沒有連鎖店，只有幾家個人商店、餐廳、小旅館的田間道路。

不穿外套會有點冷。上臂冒出的雞皮疙瘩、從雲間探出頭的溫暖太陽、於空中飛舞合唱的秋蟲、路邊的枯草、沿著地方道路生長的茂盛秋色樹木，以及色彩鮮豔的樹葉……這些情景、感情、色彩，一切都令人懷念。

「喂！相澤爺爺！要不要我幫你割稻——？」

她打開駕駛座的窗戶，在追過路上的收割機時跟上頭的人閒聊。對方是住在附近的老爺爺，他們輕鬆地互開玩笑。

我則是盡量縮起身子，避免被人看到。

因為沒在工作的人不會想出現在當地人面前吧。

好久沒看見松本太太的兒子了！

哦~我記得他沒工作，住在老家？不曉得他今後有什麼打算。

不用想都知道會被拿來當作茶餘飯後的話題。

在我思考停滯之際，抵達了我家那棟小巧玲瓏的平房。媽媽隨便將車子停在庭院角落，輕輕轉動鑰匙熄火，拉起手煞車。

「要動手術……對吧？」

剛才臉上還掛著開朗笑容的人稍微壓低語調詢問我。彷彿要吐出卡在喉間的異物。

「還沒決定。希望……能讓我考慮一下。」

「……這樣啊。」

本來已經做好會被罵的覺悟，她的反應卻意外地平淡，讓我有點困惑。媽媽打開駕駛座的門，走下車，快步進到屋內。

唉，好好考慮吧——留下這句話。

一股未散去的噁心氣味掠過鼻尖，是菸味。大概是不久前還在開車的那個人身上的氣味。雖然她的外表和言行舉止像不良少女，但我還以為她沒在抽菸喝酒。

因為我從來沒看過她碰那些東西。

不，只有一次，沉睡在記憶深處的模糊畫面。不曉得是何時發生的事。印象中是我還很小，爸爸病逝的時候。

當時的媽媽哭得眼睛都腫起來了。

……算了，不必勉強回想。

我回到遊戲和漫畫散亂一地的房間，明明都下午了，還是把窗簾整個拉上。躺到床上熟讀剛買回來的漫畫。

看完漫畫，今天就來狂打遊戲到天亮吧……想起平常的行為模式，也是藏在用來打發時間的娛樂活動下的空虛。

為何我現在異常地冷靜？

為何我有辦法為社群遊戲抽卡抽不到稀有角而生氣、發現菸味、回想遙遠的往昔？為何我有辦法對家鄉感到懷念？

是因為認為這與我無關嗎？是因為覺得用客觀角度看待這件事的自己很了不起嗎？

就算動手術，五年的生存率也只有百分之三十左右。想徹底根治似乎不可能，置之不理的話，還可能半年到一年就沒命。

沒去工作，待在家白吃白喝，時間都花在打電動跟上網上，製造排泄物，沒特別累卻只會睡覺。沒必要住院或動手術延長生命。

把家人寶貴的錢用在沒工作也沒女友的廢人身上，太浪費了。

二十歲的無業繭居族。

名為松本修。

沒有夢想也沒有目標，沒有特別熱衷的興趣，連最基本的稅金都沒繳，現在立刻消失也不會怎麼樣的存在。

即使能活更久，即使病情沒復發，也只是在延長這無意義的人生罷了。

所以——我覺得自己什麼時候死都無所謂。

逃避青春的垃圾的末路……到頭來就是這樣。

＊＊＊＊＊

「今天沒事嗎……」

隔天——我在明明是下午，卻一片昏暗的房間裡醒來。

身體狀況沒有太大的變化，跟平常一樣起得稍晚。大約一週前，我在起床的同時會覺得頭痛和反胃，這促使我去做了精密檢查。

我還天真地以為肯定是因為靠鄰居的關係拿到內定的工廠到職日將近，害我有壓力。

我在進公司前的健康檢查和醫生商量，他建議我去市內的綜合醫院看診，結果就是昨天那樣。我還趁機推掉了工廠的工作。

「值夜班、輪三班制、每月加班四十小時……我會減壽吧……」

這無聊的藉口不禁讓人想吐嘈「醫生都已經說你活不久了，還想那麼多幹嘛？」。在家裡宅了半年，自然會養成逃避心理。

為什麼一天要花九小時在工作上？為什麼一週要花五天在工作上？假日還得跟同事一起參加員工旅行或聚餐，未免太累人了吧……

話雖如此，我也不覺得我能輕鬆地進佛心公司就職。

大學中輟的理由八成會被追究，老實說想進公司的原因是看上薪水和休假也不可能被錄取。工作不就是要讓人過普通的生活嗎……莫名其妙。

我這個人活著也沒用。

我走到廚房，桌上放著用保鮮膜包住的炒飯。媽媽做的料理大多是男人會喜歡的東西。不如說是她自己喜歡。

金黃色炒蛋包覆住粒粒分明的米飯，用焦香醬油炒出來的香味刺激了我的食欲。這是不良少女做的炒飯會特別美味的法則……肯定沒錯。

「依夜莉小姐——我把牛奶放這兒嘍。」

熟悉的中年男子聲音從玄關傳來。是我認識的人的父親。他應該是把在廚房的我誤認成我媽了，我媽白天要工作，基本上不會在家啦。

算了，我會假裝不在就是了。畢竟盡量避免跟當地居民扯上關係乃是尼特族的天性。我融入廚房的景色，屏住氣息。

被發現絕對會很麻煩。快回去，回去。把牛奶放了就給我回去。

「啊，是阿修啊！長這麼大了！」

四目相交。呃，被發現了。我家的構造能稍微從玄關看到廚房，因此我沒辦法無視，慢步走向門口。

我跟比記憶中還年邁的大叔輕輕點頭致意，講了幾句安全的問候語。

「我聽依夜莉小姐說你去東京念大學，現在是回老家嗎？」

「不……我休學了。半年前左右回來的。」

對方回以心知肚明的苦笑。

「啊……這樣啊。那所大學有名到連鄉下人都聽過呢。不過你還年輕，在老家好好休息也不錯！」

「對、對啊。我打算慢慢找工作。」

「這一帶只有旅館或工廠就是了。不過如果沒車，要在郊外工作也有困難。」

我實在開不了口說自己是閉門不出的尼特族……說謊的話又可能因為媽媽而被拆穿，所以我只能透漏最少的資訊。

黯淡無神的雙眼、放著不刮的薄薄一層鬍子、即將長到肩膀的頭髮、不太乾淨的睡衣……我有信心能從我身上萃取出濃郁的尼特湯頭。

順帶一提，大叔退休了，現在從事農業工作，兼職送牛奶。

我小時候認識的中年人已經到了要考慮第二人生的年紀啦……

「你有跟我兒子聯絡嗎？他知不知道你回老家了？」

「沒有，我想他應該不知道。那個人感覺會一直來笑我，可以的話請你別跟他說。」

「行！他看起來很閒，等你事情處理好，去找他玩玩吧！不過他好像因為小孩太皮，被弄得頭很痛！對我來說倒是個十分可愛的孫女，所以我這個爺爺能寵她就盡量寵！還有啊，我孫女啊～」

他開始談論自己最溺愛的孫女，我便化身成陪笑機器。

數分鐘的閒聊時間結束後，送牛奶的大叔騎著機車前往下個地點。

累死了……對閉門不出的尼特來說，超過一分鐘的閒聊根本是地獄……在東京時幾乎不會跟鄰居交流，家鄉的人卻隨隨便便就會抓著你聊一長串。好痛苦。

我將大叔送來的瓶裝牛奶放進冰箱，打開電視當午餐時間的背景音樂。

不過，這個時間只有重播的連續劇跟雜聞秀。

我隨意轉台，目光停在雜聞秀的藝能新聞上。

太大意了。理應已經徹底與我的人生隔絕的「太過熟悉的面容和名字」——竟然會顯示在液晶螢幕上。

『——哎呀～她突然要停止活動，真令人大吃一驚呢。官方說法是精神方面的問題……不曉得身為當紅藝人的她發生了什麼事？』

節目的特集以及主持人所說的話。我倒抽了一口氣，移不開視線，原本在吃午餐的手完全停了下來。

不斷流洩而出的歌曲、歌聲強制地震撼我的鼓膜。

揍醒我沉睡已久的意識。

『——也有可能是在煩惱自己對音樂的詮釋方式跟唱片公司有出入。她還是大學生，所以有人推測她會不會不適應專業人士的音樂界。』

『——許多粉絲認為跟她還是獨立歌手的時期比起來，最近的她感覺有點疲憊。聽不見那美妙的歌聲，我們也深感遺憾。』

看到那些解說員只會講自己的臆測及妄想，我心裡不禁燃起一把火。一無所知的人為了賺錢，愛說什麼就說什麼的低俗空間。

可是，這與我無關。不可能跟我有關。外人為此生氣也太好笑了。不關我的事。我從「那個人」身邊——逃離了。卻連在這種地方都看得見她。

烙印在腦海的面容和回憶……於我的雙眼、雙耳、記憶浮現。

以ＳＡＹＡＮＥ為藝名的創作歌手在大型場地開演唱會的影片，是放開我的手後才立下的功績。是成為外人的我所不知道的她。

在主要城市開個人巡迴演唱會，在觀光地區開萬人免費演唱會……狂熱的觀眾沉醉於身為職業歌手的她。

「…………」

我抱著頭，毫不留情地關掉電視。

「喂，還好吧？你臉色超差的。」

我驚覺媽媽站在廚房的入口。她穿著樸素的工作服和鴨舌帽，代表她還在工作。

看來是我看電視看得太專心，沒發現她回來了。

「不，我身體沒事。只是在想事情。」

「呼……別嚇我好不好，笨兒子。害我白擔心一場。」

「啊哈哈……抱歉。妳特地回家看我啊？」

「對啦……我不在的話你說不定會昏倒不是嗎？趁午休或休息時間跑回來看一下，小事一樁。」

媽媽放心地吐出一大口氣。附近的瓦斯行的卡車停在我家門前的路邊。負責換這個地區的瓦斯桶、賣燈油就是媽媽的工作。

這裡只有那家小小的瓦斯行，所以要抽出一些空閒時間好像也行（部分原因在於，那家店只有對個性強勢的媽媽言聽計從的老闆和同事）。

「啊，話說回來，我去菅野家換瓦斯的時候聽他們說——」

媽媽拍了一下手，似乎想到了什麼。

「那孩子好像回老家了。」

「那、那孩子……是誰？」

有股不祥的預感。我的本能這麼告訴我。

「你都不看娛樂新聞嗎？她不是停止活動了嗎？」

剛剛才看到。雜聞秀好像忙著做那傢伙的特集。

剛剛才看到，和那一模一樣的話題——

「當然是桐山家的鞘音啊。」

啊啊，真想趕快從這個世界上消失。

明顯只是在拖延時間的人生，最後給我的是期限近乎永恆的懲罰遊戲。

＊＊＊＊＊

噗噗♪　咚咚咚♪

嗯——吵死了……

咚，砰砰，噗噗，轟轟♪

…………………………吵死了！

跟前幾天因頭痛及反胃感醒來時，又是另一種意義上令人不快的早晨。節奏感強烈的重低音透過低音揚聲器傳出，使冰冷乾燥的空氣劇烈震動。

才早上八點。平常這時候我都還在睡，所以我睏到不行，然而…………

我拉開窗簾瞄了屋外一眼。一輛家庭用廂型車停在我家門前的路邊。怎麼看都是愛玩的年輕人會喜歡的車。八成會嚇到附近的長輩的輕快嘻哈音樂來源自然也是這輛車。

然後，我正好認識喜歡這種車和音樂的人！

「喂——！修——！」

一名壯漢從駕駛座下來。閉嘴，不要大聲喊我的名字。會吵到鄰居，而且我會不好意思。快滾。

「小～修～修，來玩吧～」

氣死我了……少給我得意忘形朝這邊揮手。

我把窗簾整個拉上，以免被嘻哈男發現，不過……

「我是正清！打擾嘍～！」

喂喂喂，剛才……玄關好像傳來「打擾嘍」這句不容忽視的話——

「喔喔——這不是正清嗎！是說你的車吵死了！不要因為這裡是鄉下的鬼地方就囂張成這樣！這個時代就要開環保車或小貨車吧！」

「對、對不起！別看我這樣，女兒出生後我已經收斂很多了！我把Land Cruiser賣掉，換成了Alphard！」（註：皆為Toyota的車系。Land Cruiser為越野車，Alphard為休旅車）

「真的假的！下次把你女兒也帶過來！」

媽媽和嘻哈男的閒聊傳遍我家。好懷念的對話……不對，我有股會惹麻煩上身的強烈預感。把他趕回去，把他趕回去啊，媽媽！

然而——

「喂，笨兒子。正清來嘍。」

房門伴隨讓人誤以為是打雷的巨響打開。

「他想找你出去玩，你要去嗎？不舒服的話我幫你拒絕。」

「……身體是還行，但就心情上來說——」

「他好像打算坐在我們家前面，直到你出房間。他說他還有二十天特休能請。」

嗚哇……真的假的。

「順便把你那頭長到礙眼的頭髮剪掉。剩下的錢當賞你的。」

「……沒辦法。偶爾出去走走吧！」

我的倔強輸給了嘻哈男強硬的態度。絕對不是因為媽媽給我五千圓。我可不是能用錢收買的膚淺尼特。

附近的理髮廳剪髮要一千五百圓……剩下三千五百圓，我無法否認這對窮困的我來說很有吸引力。

我將剛起床的髒臉洗乾淨，刮掉鬍子，換上勉強可以穿出去見人、為數不多的便服。我也才二十歲。這樣看起來會不會比較符合年紀？

「偶爾出去曬曬太陽，把你那散發霉味的身體曬乾淨。」

「……唉。我出門了。」

我嘆著氣踏出家門，在客廳邊看報紙邊送我出門的媽媽臉上掛著有點高興的微笑。是因為我真的很久沒跟人出去玩了……吧。

我走向停在路邊的車，輕敲駕駛座的車窗。他回我一個「你坐副駕駛座」的手勢，我便坐到另一側的副駕駛座。

不出所料，車內吵得要命。不良少年聽了可能會拿毛巾甩動的巨響刺入耳中，嘻哈男為了跟我說話，暫時調低音量。

他的身材依然壯碩，頂著有點二分區式的短髮造型。別看他這樣，跟以前比起來已經算低調了，但還是有住在附近的不良大哥哥的感覺。

「臣哥，好久不見。」

「好久不見，修！歹勢，馬上有件事找你——」

跟媽媽講話時明明又講敬語又低頭鞠躬，對年紀較小的我卻毫不掩飾原本那帶口音的語氣，令人懷念。「回到故鄉了」的感覺更強烈了。

打完簡單的招呼，臣哥立刻將排檔桿切換到D檔。

「去兜風唄！」

春咲市，旅名川地區——舊旅名川町。

在由溫泉及大自然構築的家鄉的兜風之旅——現在啟程。

豐臣正清……我稱之為「臣哥」的故鄉的學長。是我小學時會陪我玩的鄰居，我們差了八歲左右。

大概有七年沒跟他好好說過話了吧。以前我們每天都會在家鄉到處玩，之後因為臣哥要忙著找工作，關係便愈來愈疏遠。

「臣哥，你好歹算社會人士，一大早就在玩沒問題嗎？還是你值夜班？」

「你……連時間感都沒了嗎？今天星期六，我上班的工廠休息。」

「老實說，我最近好像都沒在關心今天星期幾。都是一直在家生活害的……」

經他這麼一說，媽媽今天也在家休息。原來是因為週末放假。

臣哥上班的汽車零件工廠在我們這是有名的承包商。除了繁忙期，基本上都會休六日的樣子。

「你怎麼知道我回來了？」

我隔著窗戶凝望冷清的景色，詢問在開車的臣哥。

「哈哈哈！當然是我爸說的啊。鄉下這麼小，可別隨便把祕密跟鄰居說喔。」

「唉……」

「我爸送過牛奶的地方搞不好都知道你是尼特族了。」

臣哥豪邁地笑著。那個送牛奶的老頭……虧我還特地叫他別跟兒子說。那個人是臣哥的父親，所以我才不想跟他透露太多啊。

太小看鄉下社群的力量了。消息跟傳染病一樣，會立刻傳開。

不過，我們因為失業話題而聊起來，令我放鬆了一些。因為我有點擔心能不能維持跟以前一樣的距離感和他交談。

想當然耳我隱瞞了病情，彼此一面報告各自的近況，一面在舊市區徘徊。

「咦？那裡本來是空地嗎？」

車子開到最近我幾乎不會靠近的地區，我指向一塊空地。如果我小時候的記憶沒錯，那裡應該是民宅才對。

「喔——你指的是上谷婆婆家嗎？她大概在一年前去世，裡面沒人住，遺族就把房子拆了。現在是待售地。」

「……這樣啊。」

「沒辦法，她的小孩都住在關東。這一帶工作又不好找，年輕人幾乎都跑去大都市嘍。」

這塊地區沒有正常的正職工作，最低薪資也只有七百日圓左右，所以我能理解。車子開得愈遠，就出現愈多跟數年前的記憶有所差異的地方。

幫人修理爆胎的腳踏車店、賣巨大煎餃的餐廳、疑似是居民珍貴的休息地點的ＫＴＶ包廂……每棟建築物都感覺不到活力，化為空房。

「你要找工作的話可以去殯儀館啊。這裡老人只會愈來愈多，搞不好有賺頭唄。」

臣哥開玩笑似的笑著說，一點都不好笑……該說生活艱困嗎？我深深體會到自己身在嚴重的社會問題的最前線。像這樣在街上繞過一遍，走在路上的老人也遠比小孩子多。

春咲市的市中心公共設備也很完善，還能在車站搭新幹線。

我的家鄉旅名川町雖然因為城鄉合併，併入了春咲市，電車一小時只有一班，又經常下雪，商業設施和醫院也不多，也難怪年輕人不喜歡這裡。

超商跟超市倒閉後，連買食物都不太方便。

地區人口連一千人都不到，平均年齡五十歲後半……作為當地名產的溫泉和楓葉，硬要說的話也是長輩會喜歡的東西吧。

「不過，我喜歡這裡。我在這裡結婚，在這裡蓋新家，想讓它變成更熱鬧的城鎮。」

這個人雖然才二十八歲，似乎已經買了自己的房子。

就我個人的感覺——結婚生子、買自己的房子這種事離我太過遙遠了。

「觀光客應該不少吧？楓葉跟溫泉挺有名的啊。」

「是沒錯，但我希望有更多年輕人定居在這裡。所以我主動加入町內會，還會幫忙策劃或舉辦鎮上的活動。」

「你怎麼會做到這個地步？」

「這還用說。這裡是我們出生長大的地方，對吧？如果它就這樣變得死氣沉沉，好玩的地方和充滿回憶的地方逐漸消失，鐵定會覺得很哀傷唄。」

沉浸感傷中。這個時代不曉得有多少年輕人能有這種想法。

明明有我這種從家鄉逃到東京的蠢蛋……竟然還有試圖對抗時代洪流這個無可避免的概念的男人。

「有空的話你也來幫忙啦。年輕的人力真的不足。」

「拜託不要。」

我光速拒絕。因為真的辦不到。

「對了，妳女兒幾歲啦？」

「今年九歲，小學三年級。我記得你也看過唄？」

「大概是我國中的時候。當時她還是小寶寶，這樣啊……那孩子九歲啦……」

「因為我和老婆結婚時十九歲嘛！她馬上就懷孕了，差不多那個年紀唄。」

時間過得太快，害我有點憂鬱。我的同學應該也有人結婚了吧。不過——聊著聊著，我發現臣哥一點都沒變，覺得挺安心的。

他是會用有點強硬的態度在前面拉著我，總是帶著陽光笑容的大哥哥。

我們兜風到兒時滑過雪的滑雪場，聊了許多家庭的事，不知不覺過了兩小時左右。

「臣哥好厲害。踏踏實實地走在人生的道路上，建立可以拿來當榜樣的溫馨家庭，超級值得尊敬。」

回到我們生活的地區的路上，我喃喃說道。因為對我而言，臣哥的家庭耀眼得宛如其他世界的存在，讓人睜不開眼睛。

「沒這回事。我覺得跟那傢伙一樣——不斷追求夢想、實現夢想的人生也很厲害。我根本模仿不來。」

「…………………」

我馬上想到他所說的「那傢伙」是誰。所以才說不出話。

「……是說，我看過這條路耶。你在跟我開玩笑吧……？」

心跳聲轉為不協調音。想回去，好想回去。

慢了好幾步才發現周遭景色變得熟悉的我瞬間意識到自己被臣哥算計了。

我看過。這條礫石路、樹木特別多的地方、離我家很近的農家豪宅。鋪滿砂礫的遼闊庭院、經過修剪的松樹、養鯉魚的池塘……倉庫還收著拖拉機和收割機。

「我們要去鞘音的老家。雖然我沒事先跟人家說。」

「搞什麼鬼！我要回去了！」

我怒罵著想下車，可惜車子已開到庭院。我在車內彎下腰躲起來，看著臣哥先行下車。雙腿開始不規律地抖動。氣溫明明偏低，額頭卻冒出黏膩的汗水。

……………好安靜。瑟瑟發抖的身體和外套互相摩擦的雜音也完全聽不見。啊啊，拜託不要。希望她不在。

我晃著不停抖動的雙腿，煩惱該不該直接逃走。

過了幾分鐘，臣哥回到車內。大門開著，所以他應該有跟人說話……

「喂，修。」

「……幹、幹嘛？」

「鞘音的媽媽還是一樣正。」

這個人雖然比我大八歲卻很傻。

「我小學的時候真的愛上她了耶。」

「隨便啦。」

「如果我現在單身，搞不好有機會跟她一夜情。」

「不可能。」

「聽說旅名川的國中男生……是在看到你或鞘音的媽媽的瞬間意識到異性的魅力。」

「喂，閉嘴。」

別帶著莫名坦率的表情講這種廢話。

「啊啊！為何我媽是個像大猩猩的老太婆！鞘音媽媽——！下輩子請跟我交往——！」

你真是當地的恥辱。

臣哥的吶喊比想像中還大，出到庭院送我們離開的鞘音媽媽八成聽見了。不如說，絕對聽見了。看她正在苦笑。

順帶一提，聽說她跟我媽到國中為止都是同學。

「那傢伙不在。好像出門了。」

「呼…………………………………」

我呼出一口如鋼鐵般沉重的嘆息。吵得跟演唱會會場般的心臟恢復堪稱異常的平靜。

「她好像是步行出門的，要去找她嗎？應該不會走太遠唄。」

「不不不，算了啦。雖然還沒中午，我們找個地方吃飯，然後回家吧。」

「嗯——就這樣吧。」

臣哥死心地應聲，大概是看我這麼拚命拒絕，放棄勸我了。我鬆了口氣，可是這個狀況實在很恐怖……這人想幹嘛啊？

這時，站在門口的鞘音媽媽忽然走近臣哥的車。

「……我？」

她走到副駕駛座旁邊，應該是要找我的。本來還以為我藏得很好，結果好像看得一清二楚。我靜靜地打開車門，慢慢下車。

「修，好久不見。你過得好嗎？」

「嗯，還行……看您這麼有精神，我也放心了。」

上次見面是在我國中的時候。我常到這裡玩，所以和鞘音媽媽講過好幾次話。

她是個有氣質的清純系美女，下垂的眼角給人一種溫柔的感覺。儘管講這話很像在附和臣哥，但這名女性對鄉下的國中男生來說可能有點太刺激。

而且，跟鞘音……長得很像。鞘音是這個人的女兒，長得像很正常。明確的差異在於鞘音眼神較為銳利，個性又好強。

「請你跟以前一樣多陪鞘音玩。我猜那孩子應該挺寂寞的。」

「如果有遇到她，我會打聲招呼……」

我開不了口說我不想見到她，只能支支吾吾地回答。與其說我不想見她，不如說她不想見我吧。

聊了些大學休學等無關緊要的話題後，我和臣哥離開鞘音的老家。我向送我們離開的鞘音媽媽微微低頭致意。

「離午餐還有一些時間，去『旅中』一趟吧。」

臣哥提議道。

我不是很想靠近那個地方，但總比待在鞘音家來得好。

因為我的直覺吶喊著，必須盡快離開容易遇到那傢伙的地方。

之後，我請臣哥繞到當地的理髮廳一趟，剪了個清爽的髮型。

很久沒看見鏡中的自己了，肌膚是病態的白，任憑翹來翹去的頭髮胡亂生長……我基於厭惡感無法正視自己，一直在隨便翻閱雜誌。

繞路去剪完頭髮後，車子經過位於目的地途中的旅名川大橋。

現在的時期，從橋上看見的河岸一片冷清。春天明明會有滿地色彩鮮豔的油菜花，河堤旁還會有桃色的櫻花綻放。

「你好像不知道，所以我先告訴你，旅中今年要廢校了。」

「咦……？」

臣哥輕描淡寫地傳達沉重的事實。

＊＊＊＊＊

乍看之下是類似木造旅館的建築物——然而，這裡是當地唯一一所國中。

我們來到母校，旅名川國中。映入眼簾的是聳立於被水田包圍的土地上的木造校舍、壞掉的球網以及雜草叢生的荒地……不，是操場。

學校沒有游泳池，所以夏天的體育課一樣是足球或羽球。

從我們用來停車的停車場可以環視校舍及操場。為數不多的社團中的棒球社和女子壘球社的組合式社辦也沒變。我在破舊的校舍周圍走了幾步，當時的記憶化為影像，接連浮現於腦海。

「今天是星期六，不太可能有學生唄。但平日也不多，所以才會廢校。」

臣哥露出自虐的笑容。這所學校本來就半個文系社團都沒有，操場連運動社團的學生都看不見。室外社團有棒球社、特別設置的田徑社，或是冬天限定的滑雪社……在我們那個年代學生也不多，因此還有人同時加入兩個社團。

比起「好懷念喔喔喔喔喔……」的感覺，這幅景色明年就會消失的空虛感更強烈。不知道是我先死還是學校先廢校……算了，怎樣都好。

我們去教職員辦公室看了一下，空無一人。門沒鎖，照理說應該會至少有一個人在。

「我聽說杉浦在啊，他跑哪去了～？」

「杉浦是那個以前當學務主任的杉浦老師嗎？原來你也認識他。」

「我們那時候，他是班導兼英文老師。仔細一想，我認識的老師只剩他還留在這兒唄。」

我五年前還是國中生，臣哥則是十三年前，這也是理所當然。

「這種時候，他應該會在那吧？」

臣哥似乎有頭緒了，直接帶我到校內的視聽教室。

「嗨——喔，杉浦在這邊唄？」

臣哥毫不畏懼，光明正大地拉開拉門。先不管他這個不良味猶存的行為，我們發現癱在椅子上的學務主任。

「……誰啊？嚇我一跳……突然開門不太對吧？」

學務主任雖然一臉想睡，還是略顯驚訝地睜眼。他的法令紋變得比我記憶中的模樣還深，頭髮也變白了，那無精打采的模樣和語氣倒是一點都沒變。

考慮到他的年紀已邁入五十歲後半，我認為他看起來算年輕的了。

「哇，你都沒變耶！杉浦！是我啦，是我！畢業生豐臣正清！」

「……知、知道了。我知道了……不要拍我的背——」

臣哥因為太高興所以狂拍杉浦的背。被誤認成不良少年糾纏中年上班族都不奇怪。

整個拉上的窗簾、投影機發出的光、暫停中的外國片映照在布幕上……看來他在看電影。設置在前後左右的音響設備也異常高級，難怪是木造校舍內唯一的防音空間。

「杉浦超愛打混的。他會因為懶得上課，放自己想看的外國片的字幕版給學生看。」

「……別講那麼難聽好不好——那當然是特別課程的一環啊。」

「你還會突然開始聊披頭四，浪費掉一整堂課的時間耶。」

「……那也是特別課程——他們偉大的樂曲超棒的。」

他給我的印象是安靜又難接近的學務主任，原來這個人這麼有個性。退出教育的最前線後，他還是會偷偷跑到這邊看外國片、聽西洋歌。

或許對學務主任來說，旅中的氣氛就像安靜的祕密基地。

「……不過，差不多該開始整理教室了。因為這所學校決定要整棟拆掉。」
「不是三月就要廢校嗎？你怎麼辦？」
「……嗯，我打算退休～大間的學校不僅學生很多，家長和老師也很煩，不能這麼自由啊～」
「真的假的！好吧，很像沒幹勁的你會做的決定啦！」
「……現在這個時代，空有幹勁是不會加薪的～我希望自己的人生能做喜歡的事，最後想著『這輩子過得真開心～！』笑著死去。」
能笑著死去的人生……嗎？對我來說八成不可能。我死前的走馬燈，一定會被骯髒的後悔和挫折淹沒。
即使我因為運氣不好，活了下來，那也是無可改變的命運。
「……你是──」
跟臣哥的對話告一段落，學務主任接著望向我。我們沒什麼交流，他可能不知道我的名字。
「啊，我是五年前畢業的──」
「……我認識你。松本修……對吧？」
「您認識我嗎？我們明明沒講過幾次話。」
學務主任站起來，將窗簾整個拉開，被照進室內的陽光刺得皺眉，拿起放在桌上的馬克杯喝了口咖啡。

然後像在回想什麼似的凝望窗外，輕輕吐氣。

「……因為五年前，你『們』挺有名的呢～校內自不用說，春咲市應該也有很多為你們著迷的年輕人吧～？」

原來如此……是這樣啊。

「……我也遠遠看過喔。心裡只有披頭四的我竟然會忘記時間，不小心聽得入迷了。當時你們在從體育館通往操場的樓梯演奏～」

學務主任邊說邊打開視聽教室的緊急逃生門。除了要到操場避難的情況外，嚴禁開放的逃生門打開的瞬間，聲音乘風傳來。

「大學生創作歌手嗎……本來以為她去了很遠的地方……看來你們終究逃不掉相遇的命運呢～」

木吉他的旋律及清澈的歌聲。刻意壓低音量卻中氣十足、強而有力的音色扭曲了我的意志。

不想見。不想聽。明明已經將她推得遠遠的——身體卻躁動著。

身體擅自走向音色的方向。

我衝出屋外，沿著校舍旁的狹窄通道狂奔。腳被花圃和花架絆到，跌跌撞撞地跑到體育館附近的樓梯。

然後——相遇。

隨秋風搖曳的柔順髮絲將纖細修長的背影襯托得更有魅力。濃縮了悲愴及叛逆心的倔強眼神、適合吉他的翹腳方式、撥動吉他弦的纖細指尖……傳達歌聲的淡粉色嘴唇，深深吸引我的目光。

坐在樓梯中間的她唱著的，是我想忘都忘不掉的曲子。

這也是理所當然的。因為「那是我在這個地方寫出來給她唱的曲子」。

「修……………？」

「鞘音…………」

她緩緩回頭，對站在最上層的我投以困惑的視線。

五年不見的她——名為桐山鞘音。住在離我家徒步五分鐘的地方，是我的青梅竹馬，上高中前都是我的同學。

重逢來得如此突然。想當然耳半點要歡迎的感覺都沒有，場面籠罩著極度的尷尬及險惡的氣氛。真該逃掉的。虧我那麼擅長逃避。

為什麼我來到了這個地方？

現在的她是創作歌手。我早就知道過去在我身邊的桐山鞘音已不復存在。大腦跟不上自己的行動。

「你怎麼在這裡……？」

鞘音不耐煩地問我。

「我大學休學了……現在住老家……」

「理由呢？」

「沒什麼特別的理由……找不到目標，覺得沒有意義……就休學了。」

「……唉，你還是老樣子。為了一時的輕鬆選擇逃避，不知不覺墮落到最底層。我有說錯的話你大可反駁喔。」

我咬緊牙關，無話可說。她辛辣的話語正確無誤。

「無聊……真是無意義又空虛的人生。」

沉重的嘆息刺進胸膛。

鞘音毫不掩飾發自內心對我幻滅的目光，站起來從我旁邊經過。她知道我現在過得如此狼狽，眼中的憎惡之情變得更加強烈。

「我最喜歡不斷逃避的垃圾了。」

——扔下這句辛辣的諷刺就跑。

第一章 把國中運動服當睡衣穿的女人

隔天——天氣晴朗，秋空萬里無雲的星期日，我人卻在附近的公民館。

天氣冷到手腳微微顫抖……不意外。現在時間是早上七點。對於夜行性的尼特族來說，稱之為睡眠時間也不為過。

「好想睡……好冷。為什麼要我騎腳踏車來……」

公民館的員工都還沒來上班，因此我坐在深鎖的大門前的矮樓梯上等待。

不知為何，他指定我騎腳踏車來，我只好翻出國中時騎的淑女車。那個人是白痴吧。真的和以前一樣完全沒變。

昨晚他一直打電話給我，被我無視到直接打來我家，面對他的執念，我只得舉手投降。

我碎碎唸到一半。

「喔！沒想到你真的來了！」

哇！好俗！

彎彎曲曲的手把、車架上裝了超過十個的紅色反光板、後輪設有雙載用的火箭筒……小學的我會覺得很帥，現在則覺得俗到不行。

臣哥以外八姿勢騎著鄉下不良少年風的腳踏車，來到我面前。

「呃……因為你纏著我不放啊。」

「就算你拒絕，我也會殺到你家找你！還有，你竟然穿了旅中的運動服過來！」

「不是你叫我穿不怕弄髒、便於活動的衣服嗎！我跟運動社團無緣，只找得到國中的運動服啦！」

這個人還是一樣性格惡劣……就是明白以他的個性肯定會跑到我家，我才心不甘情不願地到這邊來。

除了好冷、好想睡之類的情緒，我覺得「好累」的理由另有其他。

臣哥肩膀上扛著的是……用來裝釣竿的釣竿盒。身穿口袋很多的釣魚背心，加上防水長褲、厚長靴、有股大叔味的帽子及太陽眼鏡等正式的裝備，超級恐怖。我的旅中運動服顯得十分廉價又滑稽。

「咱們去釣魚。」

啊啊……這個人真的是如假包換的大白痴。

我默默騎上自己的腳踏車，俐落地踩起踏板。

「喂喂喂喂，不准逃。」

然而，很快就被抓住了。我騎腳踏車的速度不可能贏過平常就在做粗活的臣哥，光速被追上！

「開什麼玩笑！為什麼兩個大男人要騎著單車在家鄉爆衝！最壞的情況，假設真的要去釣魚，開你的車不就行了！」

「啊哈哈，開車根本是邪道唄。以前騎腳踏車移動不是理所當然的嗎？」

有什麼好笑的。至少我已經不像小孩子一樣，有無限的體力了啦。

「你忘記我們跟鞘音以前自稱單車暴走族嗎？」

好想立刻抹消那樣的過去。

「兩手空空露營，跟在這邊釣魚，你要選哪個？」

「……釣魚。」

「好耶！就知道你會這麼說！」

所謂的兩手空空露營，是指沿著水壩旁邊的山路（約二十公里）騎腳踏車上去，什麼道具都沒帶就在野外露宿。現在跑去幹這種事會出人命的，我想起鞘音當時也氣得要命。

幸好滑雪場附近的個人商店願意分我們一些食材，我們才逃過一劫……

「……我沒有釣具。」

「我借你釣魚線、魚鉤和釣餌，你們的釣竿就到時再找樹枝做吧。」

什麼叫「吧」。別自己一個人帶著全套釣具過來好嗎？你就是這樣，每次都把我和鞘音要得團團轉還很傻眼……嗯？

我好像聽見他說了「你們」。冷汗……從皮膚滲出。

「她不接我電話，所以我會把鞘音強制拖過去唄。」

好想回家啊啊啊啊啊啊啊啊啊啊啊啊啊啊啊啊啊啊啊啊啊啊啊啊啊啊啊！

「……你腦袋有病嗎？我怎麼可能答應。是說別來我家。騎單車蠢死了。」

我們來到桐山家門前突擊，明顯剛睡醒的鞘音悶悶不樂地拒絕臣哥。看到沒化妝的鞘音擺著一張臭臉，態度冷淡，厚臉皮的臣哥仍無所畏懼。

儘管並非本意，我也忍不住同情鞘音。這個人是真的傻。

「而且修也在……」

她對臣哥身後的我投以困惑的視線。我也下意識地移開目光。

昨天發生那種事，自然會覺得尷尬……而且我和鞘音恐怕在為同一件事感到羞恥。

我們──穿得一模一樣。

可惡，這傢伙怎麼穿旅中的運動服當睡衣啦！好吧，我知道是因為她把多餘的衣服留在東京，家裡沒幾套居家服可穿！不過正值青春年華的女生給我乖乖穿睡衣啊！

搞得像有兩個土到不行的國中生……

「妳啊，大約上國中後就變得有夠不坦率。以前妳還會叫我『臣哥哥』咧～」

「都、都是以前的事了……！別搬出那麼無聊的話題，笨清！」

鞘音揮拳狂毆臣哥。

「總之回去吧。又不是小孩子，我沒道理跟你們一起玩。」

鞘音想把我們趕回去，臣哥卻一副要拿出殺手鐧的態度，秀出手機螢幕給她看。他好像播了什麼影片——

『——我的夢想是當修的新娘！跟修一起建立幸福快樂的家庭，小孩想要三個！』

「什麼……啥……！」

當少女稚嫩的聲音傳出之際，眉頭緊皺的鞘音迅速搶走臣哥的智慧型手機。動作跟獵人一樣快。

剛才的影片……難道是兒時的鞘音？

「喂喂，修弟弟。鞘音說想生三個孩子——」

「啊————！啊————！啊————！閉嘴閉嘴————！」

鞘音拚命試圖蓋過臣哥的調侃。她絕對沒在粉絲面前表現出這麼慌亂的模樣過吧……

因為世人對她的印象應該是「沉默寡言的天才獨唱歌手」。

「你怎麼弄到這個影片的……？那可是我爸媽錄的耶！」

「我事先跟他們要了檔案。還有很多鞘音小時候可～愛的影片和照片呢，妳不去釣魚的話，我就和修一起在我家開鑑賞會唄。」

經過走廊的鞘音媽媽雙手合掌，苦笑著道歉。

「都超過十年以前的事了～有什麼關係♪」

「有關係！」

鞘音氣呼呼地責備俏皮的母親，然而——

「我去！釣魚！我從小就最喜歡釣魚了！」

在狡猾的臣哥面前，她只得屈服。她因屈辱而呻吟，臉泛紅潮。每個人都有黑歷史，長大後回想起來真的會很難為情。

影片內容跟我關係密切，保持微妙距離感的我和鞘音之間卻瀰漫一股令人煩躁又殺氣騰騰的奇妙氛圍。

臣哥扔下的這顆炸彈真沒人性……

他知道該如何將後輩玩弄於股掌之間，所以我和鞘音都不太能反抗他。

五分鐘就收拾好東西的鞘音從倉庫翻出粉色的三輪車。沒記錯的話，那應該是她的祖母用過的。

是說，妳沒把旅中的運動服換下來啊？這樣會跟我穿一樣耶。

「哇，好懷念那輛超有老太婆味的腳踏車！」

「吵死了。閉嘴。奶奶的腳踏車是旅名川最快的。」

「妳那個凶巴巴的語氣也好懷念喔……」

「噁心。當地的恥辱。」

鞘音不耐煩地敷衍臣哥的調侃，將毛巾、飲料放進裝在後輪上的籃子。

妳怎麼回來了？為什麼要中止一帆風順的歌手活動？

臣哥完全沒去過問那些關鍵的問題。只是跟以前一樣，以最自然的態度跟她相處。不曉得是沒想那麼多，還是太蠢。

儘管他也有難搞又強硬的一面——包含我在內，絕對有人受到他的救贖。

「喂，別發呆了。快走嘍。」

鞘音不知何時站到我們前面，擺出隊長架子。這副模樣跟以前開心的她重疊在一起，使我下意識露出微笑。明明我們又沒說到話。

過去的時間再也回不去。即使這個瞬間是贗品，是數日就會結束的夢境，就讓我投身其中吧。

隨波逐流，遇到痛苦就想逃避。這樣比較輕鬆。

上午七點二十分，我們騎著腳踏車離開鞘音家。

*****

小時候活動力旺盛，覺得只要有一輛腳踏車，就能騎到日本的各個角落。現在卻光是在舊街區騎沒多久就心跳加速，喘得上氣不接下氣……隔天因為肌肉痠痛而憂鬱不已。

打扮得像當地的國中生的人們的嘴巴抿成一線盯著水面。

臣哥選為釣魚地點的是騎單車十分鐘可到的池——稱不上池塘的水深一公尺左右的水渠。田間小徑及小河的水匯聚在一起，積在水田的角落。枯草和樹枝飄在混濁的水面，清澈度近乎於零。

這裡是以前臣哥釣拉氏鱥的祕密地點，今天我卻沒那個心情釣魚。

我單手拿著用地上的樹枝做成的釣竿，維持面無表情，等待魚上鉤。

隔壁是同樣用自製釣竿釣魚，板著臉的鞘音。

我的心境被困惑和疑問支配。眼裡根本沒有魚，不得不對抗被無止境的寂靜籠罩的氣氛。現在這個狀況是怎樣？

為什麼臣哥不在！

剛才我們都是透過臣哥當跳板對話，從來沒有跟對方直接交談。

三個人一起騎單車的時候，我也一直躲在臣哥後面，彷彿試圖降低空氣阻力的跑者。

他突然扔下一句「我去抓蟲當釣餌，在我回來前努力釣魚吧～」馬上就不見了。裝釣餌用的容器裡明明有一堆蟲在蠕動……

他陰我，那個臭小子竟敢陰我。雖然他大我八歲，我還是要叫他那個臭小子。

…………………………

…………………

氣氛尷尬到爆。

一分鐘漫長得跟一小時沒兩樣。時間過得超慢。讓人產生蟲子的合唱聲和小河的潺潺流水聲異常大聲的錯覺。

我和鞘音站的位置有著絕妙的距離。即使雙方展開雙臂，指尖也不會碰到。我擅自認為這是在我們之間產生的龜裂深淵，心的距離。

既然雙方伸手都無法觸及，只能由其中一方主動靠近。可是，選擇遠離比較不會受傷。逃避是不費吹灰之力、能暫時擺脫苦惱的有如毒品的東西。最後會因快樂的滋味而成癮，不斷逃避失去一切。跟現在的我一樣。

誰來，改變一下，這個氣氛。我沒有，那個勇氣。

「在民眾的渴望下，降臨於尋求神明之人面前。莉潔，乃愚蠢人類的救世主（彌賽亞）。」

粉碎這個膠著狀態的——是身穿華麗哥德蘿莉服的外國少女。

我和鞘音同時回頭。與廣大水田的風景格格不入的外國少女將釣竿拿在自己眼前，彷彿把它當成了劍還是其他東西。

好、好帥……不對，我不記得這種鄉下地方有這樣的女孩啊？

「那根釣竿……是剛才笨清用的對吧？」

鞘音詢問少女。經她這麼一說，可以確定是臣哥帶過來的釣竿沒錯。不知為何，上面還裝了正規的捲線器。

「此劍乃終結鬥爭的正義之力。」

「看起來只是普通的釣竿。」

「就算是釣竿，也能釋放神祕的不祥力量。」

少女以神祕的外國腔敷衍我的吐嘈。她小步退到後方，垂直揮下釣竿，像是代替跟我們打招呼。這是所謂的拋竿吧。

在這種跟積水一樣的水渠拋竿的理由——說實話，我不明白。或許是重視形式。魚餌在空中劃出美麗的拋物線，落在水面上，靜靜下沉。

短短五秒後——

「嘿咻！」

少女吆喝著收竿的瞬間，咬住魚鉤的魚飛到空中！

她釣得真輕鬆。連在這塊土地長大的我們，水桶都是空的，疑似外地人的少女卻……釣到了拉氏鱥。

少女將拉氏鱥放回池中，彷彿要做給目瞪口呆的我和鞘音看。真溫柔。

「你們該陪莉潔玩！」

她在小小的胸前劃了個十字，如此說道。

從白皙臉蛋上帶著的天真笑容和偏矮的身高來看，她的年紀肯定是小學中年級。

「妳叫莉潔嗎？莉潔……？我好像在哪聽過這名字……」

我在記憶之海中搜尋，得出一個結論。

她拿著臣哥的釣竿、待在這種鄉下、在絕妙的時機出現，都能用這個結論解釋。

「難道是臣哥的小孩！」

「咦……！」

我和驚訝的鞘音四目相交。

「臣哥的老婆艾蜜姊是英國人，所以小孩是混血兒。我只有在她小時候的時候抱過她，之後就沒見過了，她長得好大喔。」

「當時我好像也有抱她。記得是七年前左右……名字叫莉潔。」

「對對對。我們去艾蜜姊家跟莉潔玩過。」

鞘音似乎也還記得，可以確定她是臣哥的女兒了。

「是臣哥叫妳做的吧？」

「庶民沒叫莉潔做任何事。莉潔是於荒野流浪，尋找同伴的孤高存在。身為掀起革命的救世主，正在踏上修行之旅。」

她面不改色地將臣哥稱為庶民。呃，他是庶民沒錯啦，不過通常不是都叫爸爸嗎？

「妳在學校該不會沒朋友？」

「莉潔不會交朋友。這會使莉潔變弱。」

莉潔看著和平的水田地區發呆。簡單地說就是「我沒朋友，很閒，所以才會在這邊閒晃」吧？

那對夫婦怎麼養小孩的……竟然養出這麼獨特的個性……

可是，莉潔的登場救了我一命。

緊繃的氣氛緩解了幾分，感覺變溫暖了些。雖然只是從零下二十度變成零下十度。

總之，我們加上莉潔重新開始釣魚——

「……妳在幹嘛？」

「……怎麼了嗎？」

「……不，沒事。」

鞘音死抱著小學生不放。她讓莉潔坐在自己的大腿上，以從身後擁住她的姿勢坐著釣魚。

「莉潔喜歡跟我待在一起對不對～？」

「嗯，充滿魅力的香味令人心情愉悅。庶民有股大叔味，但莉潔承認鞘音身上非常香。如同被人操縱的小丑，是個讓人想緊緊抱住，對妳的心扉破門而入的女人。」

「哇～雖然聽不懂妳在講什麼，妳好可愛喔～♪真想把妳帶回家～♪」

鞘音眼神迷離，扭來扭去。別發出那種不符合妳形象的甜美聲音。這傢伙看到可愛的少女就會異常興奮，因此還被取過「蘿莉山」這種綽號。

「蘿莉山同學的蘿莉控屬性依然健在呢。」

「啊？我講過好幾次這叫母性吧。敢再說一次，小心我揍你。」

她露出凶惡的表情，有點惱羞成怒……
我默默地專心釣魚，以免又刺激到她，這時。
「唔、唔唔唔……哇……啊啊啊啊……」
旁邊傳來小小的尖叫聲。
面對大量蠕動著的魚餌，鞘音臉色蒼白。
她不敢碰蟲，沒辦法裝魚餌。負責裝魚餌的臣哥也不在，鞘音一副不知所措的模樣。
「嘿～」
「哇啊啊啊啊！別靠近我！笨蛋！不許鬧！我要殺了你！」
我將魚餌拿過去逗她。
「嗚……！」
眼眶泛淚的鞘音用力賞了我的肚子一掌。
還以為早餐要吐出來了……
鞘音面對人時挺好強的，卻不擅長應付凶猛的狗和小蟲子。大部分都是因為「小時候留下恐怖的回憶」這種單純的理由。
儘管覺得這很雞婆，我還是在自己的包包裡翻找出魚肉香腸遞給她。
「……要用嗎？」
前往鞘音家的途中，我繞去便利商店買了魚肉香腸。我知道鞘音不敢碰魚餌，為了以防萬一事先買好的。

「……沒辦法，借一下。」

態度倒是挺高高在上的嘛。

鞘音走到我身旁，彆扭地接過魚肉香腸，將香腸碎塊插在魚鉤上，繼續釣魚。釣到幾隻魚的莉潔好像餓了，說著「呣呣，嚼嚼。豈能以空腹之姿迎接聖戰」嚼起剩下的魚肉香腸。

「……你沒釣過魚吧？」

「……妳不也是嗎？連蚯蚓都不敢碰。」

她在挑釁我，因此我予以回擊。

的確，一直以來都只有臣哥釣得到魚。

「只是用香腸釣不到而已。」

她開始辯解。

「那妳把魚餌換成蟲不就行了？」

「閉嘴。別跟我說話。」

她冷冷罵了我一句。

我們有一搭沒一搭地聊著，然後——

「喔，有了。」

我的釣竿傳來輕微的觸感。抬起魚竿一看，釣到一隻小小的拉氏鱥。我得意洋洋地望向鞘音，她不甘地緊咬下唇。

話說，從以前開始她就倔強又不服輸。無言的競爭心態明確地刺在我身上。

「莉潔，讓一下，我要稍微拿出真本事了。」

她把坐在腿上的莉潔移到旁邊，探出上半身，將魚鉤扔到可能有魚的深處。腳尖都踮起來了。

這條小小的水渠只有兩公尺寬。水邊的雜草是溼的，在那種地方踮腳的話……

「鞘音，妳退後一點——」

我正想親切地提醒她！

如同我所擔心的那般，鞘音的腳陷進泥濘的地面，失去平衡。我反射性地想撐住她，然而……

——！

搞砸了……我們手牽手一起掉進黑漆漆的水渠裡。

比煙火更壯觀的水花飛濺。我們腰部以下的部位都泡在水中，只能茫然杵在原地。

「…………有夠衰。」

「…………這是我要說的。」

這裡水不深是眾所皆知的事實，我們卻避不了泡在髒水裡的狀態。幸好我穿的是旅中的運動服。如果是昂貴的便服或鞋子，我搞不好會崩潰。

手機有防水功能，勉強沒事……但我們的頭髮及臉上都黏著枯草，滿身泥巴味……

「莉潔……如果妳願意拉我一把，我會很感謝妳。」

「拒絕。好髒。」

好過分。連小學生都拋棄我了。

「呵呵……」

這時，鞘音掩著嘴角笑出聲來。

「怎、怎麼了？」

「不……沒事。只是覺得……很懷念而已。」

她立刻移開目光，尷尬地走上岸。

我也——有同樣的想法。每天都玩得很開心的似曾相識之感，導致對於現狀感到的空虛及失落更加強烈。我們都跟五年前截然不同。

穿著溼答答的旅中運動服的我們滴著水爬上岸。

「哇，你們好髒喔！是去參加游泳比賽了嗎？」

等待我們的是超讓人火大的笑聲。看到臣哥一面嘲笑我們，一面走回來，我心中燃起一股莫名的殺意，我想鞘音應該也一樣！

「……好冷。這樣會感冒。」

鞘音瑟瑟發抖。在這個季節泡水，連我都覺得冷。

「把運動服擰乾就行了。有毛巾的話要不要去擦個身體唄？」

「以這副模樣回家，跟公開處刑差不多……」

「這一帶稻子都收割完了，沒半個人，去河堤後面脫唄？反正只有鳥或貓狗啦！」

「不是那個問題。在戶外脫衣服，實在有點……真是的，所以說鄉下人就是這樣。」

竟然輕描淡寫地教人在外面脫衣服，真想學習臣哥的粗線條。小孩子也就算了，面對十九歲的女性還講得出這種話，真心佩服。

全身溼透的旅中運動服女，騎著三輪車在當地暴衝……鞘音不想丟臉到淪為鄰居的話柄，只得哭著投降，走去河堤後面整理儀容。

水渠前面剩下我、臣哥和莉潔。

「莉潔！來跟爸爸比賽誰能釣到更多魚吧！」

「搞清楚自己的身分，庶民。救世主將制裁無限掠奪資源的人類。」

「不是庶民，是爸爸唄。來，叫聲爸爸看看？」

「你是多重人格。」

「我的教育方式到底哪裡出了問題唄……」

我在和睦地（？）釣著魚的父女背後，慢慢擰乾運動服的上衣。脫掉運動服的鞘音應該也在河堤後面。

雖然沒什麼人，在戶外脫得只剩下內衣褲，仔細擦拭溼掉的身體……腦中不禁浮現這種色情的畫面，可見我還是健全的男性。

搞不好她還會把手伸進內衣底下，擦掉身上的汗水和水分——

「嘿嘿嘿，別胡思亂想喔～」

臣哥笑瞇瞇地調侃我。呃，你絕對也在想這種事吧。

「話說回來，你稍微能跟鞘音說話了呢。」

「啊……」

經臣哥這麼一說，我終於被迫面對。臣哥不在的期間，即使不太自然，但我順利跟她說到了話。真的很不自然，也還隔著一大段距離就是了。

「我也在的話，你們都會忍不住依賴我唄。可是讓你們兩人獨處又太可憐，我才派莉潔出馬。」

「你很雞婆耶……」

「是喔，那還真抱歉啊。」

不知道是不是我的思緒被他看穿了，臣哥露出暢快的笑容。我低頭望向腳邊，壓抑住不知該作何反應的彆扭。

臣哥是相信奇蹟會發生嗎？我和鞘音不可能恢復成以前的關係。因為那傢伙不可能原諒落荒而逃的垃圾。

過了幾分鐘，一眼就看得出心情很差的鞘音回來了。她身上還殘留著些許水氣，不過隨時間經過就會慢慢乾掉吧。

「鞘音，修說他在想色色的事。」

「……人渣。」

鞘音臉頰抽搐，無法堅決否認的我真是沒用。

是說臣哥，可以請你不要亂講話嗎？鞘音對我的厭惡本來就已經突破天際，要是再幫我貼上變態的標籤，真的救不回來了。

隨後——平靜的釣魚時間持續到下午，成果不用說，只有臣哥和莉潔收獲豐碩。

＊＊＊＊＊

「讚啦！二壘安打！」

晴朗的午後，愚蠢又精力十足的吆喝聲在若要以公園稱之，這裡沒有遊樂設施，若要以空地稱之，又有點太好聽的簡陋場所迴盪。

我們拿市政府管理的紅磚倉庫當球網，臣哥在充滿雜草和碎石的荒蕪大地上飛奔，擺出手握拳高舉的勝利姿勢。

不對吧。通常釣完魚不是該直接回家嗎？

我們拿平坦的石頭當壘包，假裝成棒球場。擊出二壘安打的臣哥右腳踩在當成二壘的石頭上。

身後是種了蔬菜的田地和民宅……還有流水潺潺的水渠。

竟然有白痴在堪稱惡劣環境的寶庫的空地玩足壘球。

規則跟棒球沒差多少，防守方負責將足球扔給攻擊方，攻擊方則踢球往本壘前進，這就是足壘球。球沒落地就被防守方接住，或是在踩到壘包前被球擊中就算出局……這不重要。

四個人裡面有兩個是成年人，一個在這個月的生日成年。而且還不是打棒球，而是足壘球，顯得更滑稽。

「這裡曾經是……人稱奧爾良的聖地。」

「這裡一直是鄉下的荒地好嗎？是說我沒帶妳出過國唄？」

莉潔好像把這裡看成奧爾良了。明明她根本沒出過國。

攻擊方的打者是我。投手是鞘音。男生對女生的分組法，乍看之下是力氣比較大的男生隊比較有利，但……

「喂，修！踢用力點啊！來顆好球！」

「呃……這要求真難達成。」

踩在石頭上的臣哥提出要求，可是冷靜一想，難度還挺高的。

幾乎是外野的位置有其他人的田地和民宅。通常都是巧妙地讓球落在防守的漏洞，或是踢滾地球來個內野安打。

因此，男生的優勢近乎於零。

「如果你踢進田裡或別人家，自己去下跪道歉喔。」

鞘音發動精神攻擊。這傢伙未免太討厭輸了吧。

事實上，我們以前的確有不小心把球踢進別人家，邊撿球邊跟家主道歉。還有一次偷偷跑進田裡撿球，被頑固的老年人臭罵一頓。

當時是因為我們還是小孩，他們才願意睜一隻眼閉一隻眼，現在這年紀實在是……

眼神恐怖得連暗殺者都會怕的鞘音用打保齡球的方式扔出球。

「什麼！」

被岩石及雜草弄得凹凸不平的地面導致球以不規則的軌道彈跳。我抬起的腳偏移中心，球無力地滾到鞘音手邊。

她輕而易舉地接球——使勁躍向往代替一壘的石頭奔跑的我。

毫不猶豫——

「……消失吧。」

「嗚啊啊……！好痛……！」

朝我背部投出全力的跳投！

明明是兒童用的軟球，卻襲來讓我整個背部麻掉的絕妙痛處。

「我可沒忘記你釣魚時得意的模樣。」

鞘音像女王似的俯視我，對我放話。沒想到她竟然因為不爽我釣魚時的跩樣，想對我報仇……這女人還是老樣子，執念有夠深。

我很想回敬她，無奈平常沒在運動的壞習慣開始反映在身體上了。騎單車加釣魚累積的疲勞導致下半身逐漸變重。

「喂喂，修！你別鬧了！」

我沒在鬧……就算認真打，我也會淪落到這副德行。

「莉潔！等等！對爸爸溫柔點！啊！」

「庶民沒有選擇權。聖戰即將落幕。」

莉潔殘忍地拿球往臣哥臉上砸下去。我很想笑他，可是才前半戰我就累得精疲力竭……有夠難堪，好想哭。

比賽快速進行。太陽也逐漸西斜，我想隨便結束掉這場比賽，趕快回家。

負責踢球的鞘音卻對我散發「給我認真打」的壓力。這傢伙沒把這個當遊戲。想把我踩在腳底，絕對不想輸給我的堅定意志化為她的動力。

「你正在想『真想隨便結束掉這場比賽』對吧？」

心中的想法被她說中，使我下意識倒抽一口氣。

「……我就是討厭你這一點。」

她眉頭緊蹙，焦慮地罵道。

接受通往遙遠頂端的「挑戰」的女人。逃避小小的「挑戰」的男人。居然連這種遊戲，都能讓我意識到我和她之間明確的差距。

我扔出去的軟弱無力的球——消失在遙遠的彼方。

化為凝聚鞘音怒氣的特大全壘打。

「哇~那戶人家……有可魯貝洛斯在唄。」

臣哥不安地垂下眉梢，喃喃說道。

「……我去撿球。」

鞘音立刻收起害怕的表情，走向球掉進去的民宅。她用冷靜的態度掩飾，卻藏不住沉澱於眼底的不安。

然而，就是因為不想被人看出來，鞘音才會故作鎮定。

那傢伙的背影逐漸遠去，消失在民宅中。

我沒道理為她擔心，卻靜不下心來。那戶人家裡有她最怕的——

「哇啊啊啊啊啊啊啊啊啊啊啊啊啊啊啊啊啊啊啊……！」

一連串的猛犬咆哮聲和鞘音的尖叫聲，響徹四周。

果然……如我所料。那棟房子裡住著一對老夫婦，庭院養了隻活潑的米克斯（我們擅自將牠取名為可魯貝洛斯），在這一帶很有名。鞘音小時候有件超喜歡的裙子被那隻狗咬，嚎啕大哭，我到現在都記得很清楚。

「這種時候誰要去救她啊～？萬一她的衣服又～被咬碎怎麼辦？」

那個都已經三十歲的男人揚起嘴角奸笑著。彷彿在說他早已看穿我的想法。

兩腿沉重得跟被大地束縛住一樣。我跟那傢伙的境遇都不一樣了。

不過……那傢伙是鞘音。願意待在我身邊的桐山鞘音。

不服輸的個性、會對小孩子感到興奮、怕蟲和猛犬——能將我的感情搞得一團亂的，從以前到現在，都只有她一個人。

「總是讓人操心……」

我勉為其難裝出「我去看看」的感覺，衝向鞘音所在的民宅。

我知道高齡的家主聽力不好，不可能幫她。

「哎呀～是旅中的孩子？剛才好像還有個國中女生跑過來～？」

我跟那傢伙都不是國中生。我懶得特地糾正，便用苦笑蒙混過去。

我用肢體動作徵求屋主的許可，走進民宅。

「嗚……嗚哇……」

鞘音一邊退後，一邊和狗對峙。我很想繼續欣賞她害怕的表情，可是將球踩在腳下的猛犬並沒有停止威嚇她的跡象。

「哇……！」

那隻狗每吼一次，鞘音就嚇得肩膀顫抖。

「我去拿。」

我從旁經過，安撫著蹭到我腳邊的猛犬，奪回那顆球。這隻狗雖然上了年紀，他好像還記得我的味道。

我舉起球給家主看，跟對方點頭致意，快步離去。異常溫順的鞘音一語不發，緊跟在我背後。

「……我很難搞又愛博取關心對吧？」

她擠出微弱的聲音自嘲。

「……沒帶自己敢碰的魚餌、一個人來找可魯貝洛斯，嚇得哭出來……『學不會教訓』，在學校彈吉他……」

又不是一天兩天的事了。我的青梅竹馬鞘音就是這樣的人。

「……而你出現在那樣子的我面前。總是溫柔地對我伸出手。」

——背部感覺到輕微的觸感。

大概是她揪住了我的旅中運動服下襬。

「所以，我到現在還是會忍不住等你。」

她用顫抖的手拚命抓住我。將自尊壓在心底。

懷著些許期待的推測。

覺得聽見消息的我搞不好會出現，所以才在學校唱歌……妳的意思是這樣嗎？開玩笑的吧。拜託不要。

難以區分、模稜兩可的信賴與執著——會害我將無能誤以為是悲慘。

「……對不起，謝謝你幫了我。」

鞘音用語帶羞愧的纖細聲嗓喃喃說道。音量小到細不可聞。

「……別介意。妳不是一直都這樣嗎？」

胸口——傳來一陣帶著高溫的鼓動。雖然我因為不知道該作何反應，只回了句冷淡又裝模作樣的台詞。

脆弱從鐵籠中溢出的少女使我將過去的心情與她重疊在一起。

「運動服……還是溼的。好臭。」

「是妳害的吧……」

氣氛都沒了。這句話是多的啦。

第二章 有空我就去。那是絕對不會去的人說的話吧。

【這週末的旅名川祭，我們一起去參加吧！】

星期一中午過後，通訊軟體收到這封訊息。當然是來自臣哥。大概是在上班前傳的。

或許是因為很久沒在戶外運動，昨天的晚餐吃起來比平常美味數倍，我竟然在換日前就不小心睡死了。

「那個人又擅自決定了……」

我睡眼惺忪地確認訊息……說實話，我強烈覺得他又心懷不軌了。

旅名川祭……簡單地說，是聚集居民、在地的小小秋日祭典。會展示當地的手工藝品，在公民館的舞臺上也有各式各樣的團體表演。

參加……是以遊客的身分吧？只是去玩……對吧？

訊息只有簡單的一句話。幾乎沒提到詳情。

即使我身體狀況還算穩定，上個週末消耗了我大量的體力和精神。肌肉也超級痠痛，平日我死都要窩在家，以緩解疲憊的心情。

社群遊戲也玩膩了，今天來打潮任或74吧……

我翻找著亂七八糟的抽屜，尋找老遊戲。將漫畫和遊戲撥開——找到一個巨大的長方形物體。

是我在五年前扔進抽屜的。
好幾次想過要丟掉它，卻捨不得這麼做的廢鐵。
那是一把沾滿灰塵的骯髒鍵盤。不是電腦打字用的鍵盤，是有按鍵的音樂用合成器。
「都過那麼久了……要這東西幹嘛？」
明明是我自己翻出來的，講這什麼話？這東西會害我想起那段愉快又充實的時光，因此我用大量的漫畫跟遊戲把它埋回去。急忙地埋回去。
我一個人在這邊做什麼蠢事啊……
……………！
在我把沒用的東西堆在一起時，一張ＣＤ落在腳邊。過去的我為何沒扔掉它……那張ＣＤ是錄音用的空白片。上面只有用麥克筆寫了「樣本」兩字，明顯是我的字跡。
我撿起ＣＤ對準垃圾桶，抬起手，抬起手，抬起手……最後又扔回抽屜。我用雜物埋好負面情緒的遺產，有如要蓋一座沙堡。
「找到74了……」
雖然翻到了我要找的遊戲機，但我玩遊戲的興致已消失殆盡，因此我決定……自暴自棄大睡一場，轉換心情。
當天晚上——吵死人的傢伙殺到我家。

「嗨嗨。晚啊～」

「晚啊」是「晚安」的方言……這不重要。沒事先講一聲就突然跑到我家，臣哥真的很讓人頭痛。

媽媽還在上班，所以家裡只有我一個就是了……

讓他在車裡等的話，他會一直放吵死人的嘻哈樂，所以我先讓他進到玄關。

「我下班了，來喝茶唄！」

「不不不，你拿的怎麼看都是酒……」

臣哥手上的塑膠袋裝著大量的酒跟下酒菜。

「啊～我是開車來的，你在擔心我酒駕？為了避免那種狀況，今天啊——」

臣哥使了個眼色，兩位女性便走進我家。

「聖戰之友啊，上次見面是在六百年前的革命之時吧。」

「你們昨天才一起玩過吧。」

嬌小的少女是臣哥的女兒莉潔，另一位明顯是大人。

與日本人截然不同的容貌、纖細修長的身材。美麗的金色長髮和藍眸散發出天然的光澤。給人鄰居家的英國人大姊姊的印象。

這個人的父母開了間音樂教室，我和鞘音小學時都去那邊上過課。

殘留在我記憶中的優雅氣質幾乎沒變的這名女性是——

「嗨～！好久不見，阿修♪這麼多年沒看到你，你長高了呢。」

「艾蜜姊！」

艾蜜莉．斯塔林。以前住在我家隔壁，現在則住在臣哥買的透天房。直接講重點，她是臣哥的老婆。

性感迷人的大姊姊屬性猶存，那令作為鄰居的我度過了躁動的少年時期。她不是我姊，我還故作親暱地叫她「艾蜜姊」。

「艾蜜莉不喝酒，回程她會幫忙開車。」

「為什麼我的艾蜜姊會跟臣哥這種白痴結婚……」

「喂，我聽見嘍。我好歹算你人生的大前輩吧。」

我發自靈魂的抱怨似乎被他聽見了。

「對不起喔，正清突然跑來。明天他也要上班，我會早點叫他回去。」

雙手合掌向我道歉的艾蜜姊也好可愛。

「不會，沒關係。門口很冷，進來說吧。」

「那就恭敬不如從命，打擾了♪」

「喂，修，你對她的態度跟對我差太多了唄。」

這還用說。只會惹麻煩的低能男和美女大姊姊怎能相提並論。

「還有，我把那傢伙也抓來了！過來——！」

那傢伙……看這氣氛只可能是那個人嘛。

我望向落日的昏暗庭院，鞘音也站在那裡，看起來很冷。一臉「我也不想」的態度，悶悶不樂的模樣。

「……打擾了。」

「這傢伙因為我突然跑去找她，氣得要命。你們倆真像耶，好痛！」

心情不好的鞘音輕輕撞了一下臣哥的背。

她穿著旅中運動服，大概是臣哥連換衣服的時間都沒給她。推測不是昨天弄髒的那一套，而是第一套送洗時備用的第二套。附帶一提，我也有兩套。

「……鞘音未成年，不能喝酒喔。」

「……不用你說我也知道。因為……我生日還沒到。」

她將視線從提醒她的我身上移開，謙虛地進入我家。

生日一詞從她口中傳出的瞬間——一股沉重的氣氛瀰漫在我們之間。該說戳到痛處了嗎……若不希望彼此的關係變得更彆扭，我們都該避免提及那個話題才對。

我們在客廳圍著暖桌，五個人一起乾杯。

像這樣和臣哥、艾蜜姊一起喝酒不是第一次了。他們成年後，來我家喝過好幾次酒。當時我和鞘音是喝果汁就是了。

我依然心繫於你

I'm still thinking about you.

今天，艾蜜姊和鞘音喝著無酒精雞尾酒聊天。

坐在鞘音腿上的莉潔專心吃著起司魚板。這孩子怎麼看都看不膩。

「嚼嚼。」

「還要嗎？莉潔，還要吃嗎？」

「無妨。毛豆泥也吃。」

「毛豆泥糰子妳也想吃呀？來，嘴巴張開～」

妳是莉潔她媽嗎？不要隨便餵食別人的小孩。

鞘音……不，蘿莉山同學毫不掩飾著迷的神情餵食著莉潔。是母性，還是蘿莉控？我必須以客觀的角度看清這條危險的界線……嗎？

「哎呀——鞘音也好久不見♪我在電視上看過妳，長這麼漂亮了♪」

「嗯、嗯嗯，謝謝誇獎。好久不見，艾蜜莉小姐。」

「那是旅中運動服對吧？我也是旅中的畢業生，好懷念喔～♪」

「我只有這套適合當家居服……其、其實我原本穿的是更漂亮的睡衣。」

騙人。妳以前就不會特別挑衣服穿，超俗的。

搬到東京後似乎有好一點，但一回到故鄉就變成旅中運動服女。

「妳看！我還買了妳最新的專輯！第二首《邂逅》和《miss》那首單曲都好好聽～♪不過呀，如果能多收錄一點硬派的搖滾歌，姊姊我會很高興的♪」

「謝謝。關於曲調的意見，等我復出會跟製作人商量看看。」

一聊到音樂的話題，艾蜜姊就會興奮起來。她正在用手機播放買來的下載版歌曲，以及ＳＡＹＡＮＥ的社群網站上傳的ＰＶ。這是我絕對不能碰觸的話題，鞘音僵硬的表情卻稍微放鬆了些。

我則跟她相反。拚命控制不要讓沉重的表情浮現在臉上。

「對了！有沒有看到今天早上我傳的訊息唄？」

講了幾句開場白後，臣哥喝光罐裝啤酒，開啟話題。

醫生建議我少喝酒。我不打算活太久，所以我小口喝著女生會喜歡的度數低的酎HIGH。

除了超過一週前會頭痛跟反胃外，沒什麼嚴重的症狀。偶爾我甚至會忘記疾病的存在。

「……我沒收到訊息啊？」

「我看到你已讀了。」

早知道就不要隨便點開來看……

「哎，只是去玩的話是可以。」

「哈哈哈！」

不知為何，臣哥開始豪邁地大笑。

「你們要上臺表演節目。今天就是來討論要表演什麼的。」

等等等等。

「我已經先申請完了。我是町內會的成員，又是旅名川祭的執行委員，所以華麗地把你們塞了進去！」

「別自作主張啊！」

哇，這傢伙搞什麼啊！白痴喔，給我自重點好嗎！

也對，臣哥原本就是「I・LOVE・故鄉」的人。他打扮得一副當地青年隊的模樣，並沒有違背這個印象。

「鞘音當然也包含在內！艾蜜莉和莉潔也會幫忙！」

「嘖……笨清，我可以揍你了吧？」

鞘音咂了下舌，我深有同感。對我們來說，等於是再度回到有著深刻感情的場所。老實講，免不了會有複雜的思緒在腦中縈繞。

臣哥不曉得是不是故意的，擅自決定參加……把我們牽連進去。把以討論為由召開的酒會開始後，完全沒直接講過話的兩人牽連進去。

「艾蜜姊！請妳幫忙說服臣哥！」

「咦？我也挺有興趣的呀。我最喜歡祭典了。」

「呃，我也絕對不會討厭祭典喔。」

「喂，你就只會對艾蜜莉這麼好。」

「因為我知道正清一決定要做，就聽不進別人的勸告♪」

真、真的假的……艾蜜姊笑得這麼燦爛，我實在說不出口。我們是鄰居，所以搞不好我跟艾蜜姊的交情比和臣哥還久。

儘管不太想找她求救，我還是瞥了可能會站在我這邊的鞘音一眼。

「來，把嘴巴擦乾淨喔～果汁呢？要喝嗎？柳橙汁？」

這傢伙在幹嘛！不要幫莉潔擦嘴好嗎！

啊啊……我都忘記鞘音看起來是個正常人，其實意外脫線……

「喂喂，怎麼這麼熱鬧？」

媽媽下班一回到家，驚訝地睜大眼睛。平常連燈都沒開，半個人都沒有的客廳的人口密度似乎讓她嚇了一跳。

「啊～！依夜莉姊～！歡迎回來！」

「煩死了，給我滾。」

「怎、怎麼這樣……！不過，毒舌的依夜莉姊我也超喜歡的！」

媽媽冷淡地對待超像她的小弟的臣哥。

「還有桐山家的鞘音和……以前住我們隔壁的艾蜜莉！一直在吃起司魚板的……是正清跟艾蜜莉的小孩嗎！好大！長這麼大啦！」

「莉潔僅僅是媽媽的傀儡（marionette）。所謂的人生，即為狂亂的舞蹈。」

「啊，確實是艾蜜莉的小孩會說的話。」

媽媽果然也這麼覺得。

「莉潔，我也是妳爸耶～？」

「你是多重人格。」

「至少把我當庶民吧……」

臣哥，加油。要堅強。

「哇～依夜莉小姐～好久不見～♪」

「……打擾了。」

艾蜜姊揮著雙手抱住媽媽，鞘音輕輕地點頭致意。這個地方小到不行，所以大部分的人都認識彼此，艾蜜姊又是鄰居，跟媽媽關係也很好。

「你們週一就在喝酒？還真年輕啊，喂。」

「我們在討論旅名川祭要表演什麼！」

「哦，已經到這個時期啦。最近我幾乎都不會去，完全忘記有這回事了。」

應該很多居民跟媽媽一樣。因為祭典的節目和展覽品都是迎合長輩喜好，挺樸素的。

「說實話，旅名川祭給人一種只有中年或銀髮族會來的印象，但今年我要把年輕人吸引過來！所以我才想說我們來幫個忙吧！」

「哎，我不討厭你這個想法。加油吧。」

臣哥幹勁十足地回答：「是！」。以這個地區的標準，連媽媽這種四十多歲的人都算年輕，對每年樸素的祭典不感興趣的老一輩應該也很多。臣哥大概是希望包含我媽那一輩的人在內，可以來參加祭典吧。

還沒吃晚餐的媽媽也進到暖桌內，將大量的下酒菜送入口中。

「咦？依夜莉姊喝酒嗎？妳看起來不太會喝酒耶。」

「呃……嗯，偶爾也會有想喝醉的時候。」

媽媽支支吾吾地回答，打開罐裝啤酒。

「好難喝……」

喝了一口，她立刻吐出舌頭，整張臉皺了起來。

難喝就不要喝啊。

「歷年比較多和太鼓、跳舞、三味線、無伴奏合唱、合唱……之類的表演。祭典在下週日，考慮到練習時間，這幾個選項可行性比較高吧？」

換喝日本酒的臣哥帶著些許醉意提出意見。我一邊羨慕他能讓艾蜜姊幫他倒酒，一邊將第二罐酎HIGH灌進喉嚨。

「可行性哪裡高了？外行人怎麼可能一星期就學會……而且能集合所有人練習的時間也有限。」

我說得真好。

「那要開鞘音的個人演唱會嗎？」

「對不起，公司禁止我未經許可，以SAYANE的名義唱歌。」

「也對。畢竟妳現在是職業歌手，有很多麻煩的契約。」

在停止活動時決定辦演唱會，八成不會只被上頭罵一頓就了事。

「還是要組樂團？」

……來這招啊。

「樂團……嗎？」

辦得到。我能輕易想像出這個做法帶來成功的未來。

我自己——言不由衷地，靈魂深處激烈渴望著。我早已離開鞘音，也斷絕從電視或網路看見她的任何機會，現在卻想再體驗一次。

在那傢伙身邊，聽那傢伙唱歌。

反正都要死，最後聽一遍有什麼關係？

「翻唱也沒關係。讓鞘音喬裝成其他人，以住在當地的年輕人的音樂，炒熱旅名川祭的氣氛唄！」

鞘音陷入苦思。還以為她會一秒拒絕……她有什麼樣的感情正複雜交錯，像我這種人不可能會知道。也無權得知。

「我啊，想讓陪伴我長大的旅名川變得更熱鬧。年輕人一個個搬到都市，老一輩的也高齡化或去世了……旅名川祭的參加者一年比一年少，不曉得能維持到什麼時候。」

臣哥帶著罕見的嚴肅表情，誠懇地訴說。

「只要我們玩得開心，其他年輕人也會跟著模仿，或對祭典產生興趣。只要持之以恆……我能做的也只有這些了。」

這個人不會考慮自己的利益。會為其他人率先行動，拉著大家前進，儘管手段有那麼點強硬。就跟現在他讓我和鞘音湊在一起一樣。

「我會負責籌備祭典和主持，幫我這麼一次吧。拜託。」

為故鄉低頭的男人——我認為是全世界最帥的。

「……可是，一週有辦法練到能開演唱會的等級嗎？我沒打算隨便唱。沒自信的話，最好一開始就放棄。」

鞘音緊繃的表情放鬆下來，吐出一口氣，冷靜地指出問題癥結。正是如此，就算只是小祭典的小活動，鞘音仍懷抱著極高的自尊。

即使只是為了炒熱年輕人與當地居民的氣氛，她也不可能拿出搬不上檯面的表現。

「呵呵呵。」

艾蜜姊忽然露出意味深長的微笑。

啊，糟糕。她的開關——

「不曉得是誰教鞘音唱歌和吉他的喔？」

鞘音掩飾不住苦悶的表情，彷彿在說「不小心刺激到她了……」。

「鞘音，來我家一趟！久違地讓妳見識一下——斯塔林母女的真本事。」

「……我很清楚了。」

「不，妳剛才看不起我，所以我要重新教育妳！Messiah's name is Emily。」

艾蜜姊激動地站起身，把鞘音帶到外面。莉潔也小步追上她們，留下媽媽和我們兩個男人。

「……我去洗個澡。」

媽媽急忙準備離開。

「你們在做什麼！依夜莉小姐跟阿修也要來！出發出發！」

「哇……慘了。」

艾蜜姊迅速回頭。就這樣，不知為何媽媽也被帶走了。

「哦～好久沒看到開關打開的艾蜜莉。上次是高中時期吧。」

「我和鞘音還在音樂教室上課的時候，她每次都是那種感覺。」

「可見她有多高興跟許久不見的學生重逢。」

不知道是不是錯覺，臣哥也開心地揚起嘴角。

「難怪莉潔長成那樣……？」

「某種意義上來說，她變得跟艾蜜姊的化身一樣。在她身上完全看不見你的ＤＮＡ。」

「別這麼說，我真的很介意！」

開始緬懷往事的兩名醉漢也撐起沉重的身子，慢慢走向鄰居家。

＊＊＊＊＊

好久沒來斯塔琳音樂教室了。

說是音樂教室，外觀只有在一般民宅外面掛上招牌而已，我和鞘音在這邊上課的小學六年間，學生應該有超過二十人。

主要以教鋼琴為主，也有提供弦樂器或打擊樂器的課程。

進到家中，一股懷舊的香氣撲鼻而來。別人家才有的獨特氣味喚起一個個回憶。我們向在客廳休息的艾蜜姊的雙親打了聲招呼，來到主要用來演奏樂器的防音教室。

「阿修和鞘音都很懷念對吧？因為你們一向都是一起來上課的。」

先到教室做好準備的艾蜜姊彷彿回憶過去般環顧室內。沉甸甸的鋼琴、吉他等弦樂器，甚至連全套鼓組都有。

除此之外，古典樂的樂器也應有盡有，設備齊全得宛如音樂學校。艾蜜姊的雙親原本是音樂世家，這些好像是他們收集的私人物品。

「這間房間是……？音樂類別未免太雜了吧……？」

雖說是老家，臣哥似乎是第一次踏進這個空間，頓時無言以對。

「還是一樣混入了艾蜜姊的喜好呢……」

「咦！大家都最喜歡這種風格了不是嗎！我的女性朋友很多人喜歡耶！」

牆壁和天花板上，貼著男公關……不對，視覺系樂團的海報，書架也放滿ＣＤ和ＤＶＤ。艾蜜姊的雙親收藏的古典樂等西洋氛圍約莫一半遭到艾蜜姊的興趣侵蝕。

大多是和臣哥同年的艾蜜姊國高中時期的當紅樂團。

「哎呀～！艾蜜莉！這房間超酷的！」

每個人都做出微妙的反應，只有媽媽兩眼發光。

「就知道依夜莉小姐會喜歡♪」

意氣相投的兩人開始暢談視覺系樂團。身為她兒子，我竟然不知道……媽媽原來喜歡這種音樂。

雖然因為世代差距的關係，她們喜歡的樂團好像不一樣。

「所以，請依夜莉小姐也來跟我們一起演奏♪國中時妳不是彈電貝斯的嗎？」

艾蜜姊忽然拿起貝斯對著臉頰抽搐的媽媽。

「艾蜜莉……妳聽誰說的？」

「鄉下這麼小，跟妳的同學聊天一下就會知道了♪例如鞘音的媽媽？」

「那個臭娘們……！竟敢亂洩漏別人的個資——！」

是說，把鞘音的黑歷史告訴臣哥的也是鞘音媽媽。

「聽說旅中學生的傳統是玩樂團、搞音樂，也是起源於依夜莉小姐？」

「別提了。當時的我太年輕了。」

「她還給我看了畢業紀念冊呢♪依夜莉小姐在校慶上化了個大濃妝——」

「好！來啊！看我秀——一手！」

媽媽半自暴自棄地從艾蜜姊手中接過貝斯。好想看！想看媽媽的黑歷史！雖然她八成不會給我看畢業紀念冊……

好強。鞘音媽媽那麼有氣質卻好強。旅名川的資料庫保全系統超爛，所以很糟。

「阿修和鞘音很熟悉這類型吧？畢竟我從小就在教你們。」

「我記得小時候有被妳逼著聽音樂，練妳喜歡的曲子。好吧，裡面是有我喜歡的樂團啦，現在我偶爾還會去聽他們的歌。」

艾蜜姊「嘿嘿嘿♪」地吐舌，好可愛，原諒妳了。

「雖然上課是由艾蜜姊的媽媽負責教，艾蜜姊也有在旁邊聽我彈鋼琴。」

「因為我很高興跟弟弟一樣的阿修願意依靠我。難道給你添麻煩了？」

「不，每次妳鼓勵、慰勞我的時候，我都很開心。而且……」

「嗯嗯，而且？」

艾蜜姊興致勃勃，淘氣地將美麗的臉龐湊過來。

「國中時期的艾蜜姊對我來說跟成熟的大姊姊一樣，我很崇拜妳。」

「討厭～這麼會說話♪」

她突然摸我的頭，讓我心情大好。我都二十歲了，可是在艾蜜姊心中，肯定永遠都是弟弟般的存在。

「對艾蜜姊來說，我大概只是眾多學生的其中之一吧。」

我苦笑著說。

「我個別教過鋼琴的只有阿修喔。」

「……真的假的！」

這就是鄰家的大姊姊。擁有讓全世界的我——一秒戀愛的魅力。

鏘————————————！

震耳欲聾的金屬打擊聲炸裂開來。

「休息時間早就結束嘍。」

鞘音臉上掛著明顯是裝出來的燦笑。剛才那聲疑似是她拿鼓棒敲響了銅鈸。她用手指穩住仍些微震動著的銅鈸，瞇眼瞪了過來。

那傢伙沒有明說，身上卻散發著怒氣。這是寧靜的怒火。我感覺得出來。

「笨清，那個垃圾家裡蹲尼特好像在把你老婆喔。」

「啊——不行。這不行唄。艾蜜莉很容易被渣男拐走的。」

為什麼我非得被罵不可……是說，把艾蜜姊拐走的前不良少年渣男到底哪有資格講這種話？

「我想起來了！第一天上課的時候，鞘音也像剛才那樣生氣過。」

「…………！」

鞘音著急地瞪大雙眼。

「看到我在指導阿修，鞘音哭著大叫『我也要跟修一起彈鋼琴～！』——」

「啊————————！啊————————！饒了我吧……」

她雙手揮個不停，拚命蓋過艾蜜姊提及的往事。

經她這麼一說，好像確實發生過那種事……當時我們還在念小學低年級，所以我記不太清楚。

我們現在連正常的對話都沒有，鞘音總不會因為這點小事生氣吧。

「準備完畢。隨時能開始。」

莉潔幫忙準備好效果器和擴音器。她氣勢十足地拿著——一把綻放深藍光澤的電吉他。

媽媽也同樣開始準備，拿起調好音的貝斯。

兩個人都挺有模有樣的。信心十足，威風凜凜的站姿相當有魄力。

「我也好了。」

鞘音做完發聲練習，站在直立式麥克風前。

「哦？鞘音不彈吉他嗎？妳平常不都邊彈木吉他邊唱歌的唄？」

「吉他有莉潔負責，所以我想今天就讓鞘音專心唱歌。要唱雙吉他曲時再請她幫忙。」

「如果是這間教室裡的CD有收錄的歌，我應該多少都會唱。因為我也受過艾蜜莉小姐嚴格的指導。」

「討厭～人家認真的教育有了成果，好高興喔。」

視覺系樂團的教育是半強制性的就是了。

「——這樣的話，阿修也會彈嘍？鍵盤♪」

艾蜜姊雖然一臉笑意，眼底卻蘊藏堅定意志。放在琴架上的雙層鍵盤設置在我的面前。

不至於不會彈……艾蜜姊給我的琴譜是我被迫練習過好幾次的樂團的曲子，腦袋大致記得彈法。

「我、我……」

可是，我五年沒碰琴了。將它從記憶中捨棄了。

「放心。我只是想知道阿修現在對音樂有多少興趣。不是彈得好不好的問題，而是你有沒有意願認真面對它……我想聽聽你的聲音。」

「我明白了……」

我被氣氛牽著鼻子走，與闊別五年的鍵盤相對。艾蜜姊逐漸變成令人懷念的斯巴達大姊姊教師。她一進入這個模式就絕對不允許妥協。

手指放在黑白鍵上的觸感將甜美與苦澀的回憶攪成一團。

「鞘音，妳剛才不是問一週能不能練到可以開演唱會的程度嗎？」

艾蜜姊走向鼓組，靜靜地坐到旋轉椅上。

「那麼，莉潔，讓他們看看救世主的奇蹟，名為音樂的劍戟吧。」

「Messiah's name is Liselotte。在此降臨。」

有其母必有其女。

艾蜜姊眼中的平靜如水轉為妖豔又迷人的眼神。

——君臨中央的，是我的青梅竹馬桐山鞘音。她也在集中精神，拿出職業創作歌手的真摯眼神和態度。

「依夜莉小姐應該有空窗期……沒問題吧？」

「這還用問？妳以為我是誰？」

不知道是不是黑歷史時期的血液在沸騰，媽媽得意地揚起嘴角。瓦斯行的工作服居然和這個表情這麼搭。

臣哥變成觀眾，艾蜜姊的雙親基於好奇跑來偷看，在一陣寂靜中——艾蜜姊用鼓棒敲打、腳踏鈸，數了四拍。

鍵盤的開場及貝斯奏響重低音的前奏，高音的吉他自然地加入其中。推動前奏的鼓聲劇烈震撼著空氣。

一開始就是最高潮。

鼓聲撼動靈魂，與用撥片彈出厚實低音的貝斯一同奏出旋律。莉潔的吉他散發驚人的存在感。我敲擊琴鍵的指尖踏著遲緩的步伐，以免被她甩在後頭。跟不上。躍於鍵盤上的手指瞬間化為手銬。

艾蜜姊的鼓聲加快。加快到極限。委身於最激昂的情緒中，毫不畏懼失誤。

不斷地將我們拉向前方。

她握住想要盡情肆虐的弦樂器隊的韁繩，以一個又一個動作指出音樂的道路。

艾蜜姊的過門帶出鞘音吶喊般的歌聲，撼動空間。

不是在觀眾面前唱出優美歌曲的ＳＡＹＡＮＥ，而是以桐山鞘音的身分，憑藉凌駕吉他扭曲的全音符的音波，順從內心的情緒傾吐歌詞。

憤怒、焦急、脆弱。總覺得這些情緒發洩的對象——是我。

艾蜜姊、莉潔和媽媽，上半身激烈地前後搖晃。我光是站在原地彈奏自己的部分，就無暇顧及其他事，光是擠出空洞的聲音就竭盡全力。

音色來不及切換。只是個裝飾品的左手碰觸滑輪，也製造不出理想的效果。身體跟不上大腦。可是，練習量又不足以讓我能立即應對，無意義的弦樂器的音色作為異物滯留在旋律之中。

從鍵盤流淌而出的聲音如潛伏於體內的病灶。從內側滲透、腐蝕、破壞一切。還沒嗎？曲子還沒結束嗎？

我已經連自己有沒有在彈琴都不曉得。僅僅是在無聲的世界中，埋頭敲打鍵盤。庸才無法追上。

無法以同樣驚人的速度，走在天才身邊。

反而會拖累對方。所以我才主動拒絕。因為我真的很害怕被人拋棄。

只有我跟不上。只有我被其他人甩在後頭。

約莫四分鐘的曲子，是自卑感的拷問——讓我知道自己身處不斷逃避後抵達的最底層。

回過神時，臣哥和艾蜜姊的父母在為我們拍手。

可是，我幾乎什麼都沒做。這陣掌聲是除了我以外的四個人得到的報酬。我連接觸菁英們的音樂會的權力都沒有。

「……不行。只有修的聲音——聽起來很刺耳。」

鞘音搖了搖頭，冷酷地宣布。

「艾蜜莉小姐說得對，跟技術無關。你難堪地逃避著音樂，逃避我……透過空洞的聲音傳達過來了。」

「我不在的話……妳就能唱了嗎？」

「……不如說，只要有你在我就能唱。可是……我討厭現在的你。」

她扔下一句互相矛盾的話，快步離去。那句話之所以帶有另一層意思，是因為她還對我抱持某種期待……是嗎？我不知道。妳直接放棄我，我還會比較輕鬆；妳冷冷拒絕我，我還比較好辯解。

現在開始還來得及嗎？我這個閉門不出的尼特男無論再怎麼掙扎，或許只會出盡洋相，不過如果只要在這一次，真心投入在一件事上，就能為臣哥和這個地方略盡棉薄之力。

我會不會覺得這垃圾般的人生也有意義呢？

「艾蜜姊……可以讓我回去當妳的學生一週嗎？」

若是在拖延時間後失去的青春，在結束前稍微掙扎得久一點也無所謂吧。

＊＊＊＊＊

「嗚啊……！」

僵硬的手指抽筋了。

只彈了幾分鐘的琴，我的指尖就放聲哀號。

雖說有一週的時間，隔天就是星期二。祭典辦在星期日，因此包含當天在內，只剩下六天而已。

昨晚我直接留在那接受艾蜜姊的指導，然後為了四小時左右的睡眠時間回家。接著週二早上就開始練習。

「不好意思，從昨天就麻煩妳一直陪我練習。」

「別客氣。因為本來就是我老公提議的嘛。」

艾蜜姊笑瞇瞇地回答。演奏時她的指導總是毫不留情，同時也會給容易理解的建議。

「喔，剛才的感覺不錯！」

成功達成她的指示時，她會笑著摸我的頭。我是個單純的男人，所以這樣能提升我的動力，雖然有點害羞，但感覺挺好的。

「一個團體能用的表演時間好像是八分鐘左右……你真的兩首都要練？雖說是翻唱曲，但想在六天內學會，我認為很難喔。」

「……不，『加上安可曲，我打算練三首』。因為我想先拿出能說服鞘音的成果。」

反映了艾蜜姊興趣的高難度選曲，以及選來當安可曲的「特別」曲。

墊底的人付出跟常人一樣的努力沒有意義。必須拚死做到每個人都覺得不可能的事，才有說服力。

「我會做給她看。靠大學中輟的尼特演奏的音樂——博得全場的掌聲。」

我現在短短幾秒就能睡著。尼特生活的代價是強烈的睡意和不習慣的疲勞，導致我想馬上逃離。今天我也猶豫了十分鐘以上要不要離開被窩。

不過，我可不想連短短六天都努力不了，以模範垃圾的形象結束這一生。

「而且我不想背叛艾蜜姊的期待。因為妳願意像今天這樣等我過來。」

「很好！就是這個幹勁！」

艾蜜姊意氣風發地鼓勵我。

本來以為她要正式開始鞭策我。

「早安……呼啊啊啊啊啊……」

睡眼惺忪的臣哥打了個大呵欠，站在門口。

「正清？今天你上早班嗎？」

「不是，今天我上晚班……我有點事想找修幫忙。」

「咦咦……我在練習耶。」

起初我不太想去，不過臣哥不停哄我「三十分鐘就好，拜託」，我便坐上他的車。真心話是臣哥應該也要忙著工作和準備祭典，如果有我做得到的事，我想盡量幫忙。

不曉得是不是跟我想的一樣，艾蜜姊也一起來了。

「送她去上學前，我把莉潔也帶來了。」

莉潔也坐在後座，不過……

「呼……」

她無力地癱在那邊，發出幼稚的呼吸聲。

「沒有多麻煩。只是要去旅中和附近的地區貼祭典傳單而已。」

「你想要找人幫你貼傳單嗎？」

「嘿啊。我把你們的表演也塞進去了，所以重做了一張。」

臣哥從儀表板底下拿出資料夾，將傳單遞給我和艾蜜姊。

文字沒對齊，照片的解析度也很低，完全沒有小孩子會喜歡的圖片。怎麼說都稱不上有質感。

還有，莉潔的照片超大！她拿吉他的照片占了傳單的兩成，我學到這就是所謂的家人的「偏心」。

「我們的表演……就是說你在那之後馬上就搞出了這個東西嗎！」

「嗯。難得的大活動，怎麼能不好好宣傳咧。我沒什麼在用電腦，所以做不出多好看的東西……但我想幫上你們的忙。」

臣哥露出自嘲的笑容。昨天我們討論到晚上，結果今天早上他就做好新傳單了……肯定熬夜了。難怪他這麼睏。

跟每天都是暑假的我不同，他可是有正職的。

「你又在自己一個人努力了。我們是一家人，只要你說一聲，我就幫你設計傳單啦。」

「抱歉抱歉。我不會樂器，這點小事就讓我做吧。」

臣哥安撫噘起嘴巴的艾蜜姊。我誠心覺得他們這對夫妻很相配。

經過數分鐘的車程……我們抵達旅中，來到教職員辦公室。

「嗨，杉浦！早啊！」

「唔……嚇、嚇死我了——」

學務主任被大聲打招呼的臣哥嚇了一跳。別說學生了，連其他老師都還沒來的樣子，或許是因為時間還很早。天氣冷到手指會打顫，因此我們四個圍在教職員辦公室的火爐前面。下意識放到火爐前的手逐漸被火溫暖了。

「討厭～是杉浦老師耶～！我是你的學生艾蜜莉♪」

「妳那開朗的個性也一點都沒變呢。沒記錯的話，妳在男生之間的人氣可是遙遙領先的第一名啊～」

學務主任一邊說，一邊瞄向臣哥。

「啊？杉浦，你有意見？你那個『竟然被這種混帳不良少年給騙走——』的眼神是怎樣？想打架嗎？」

「哇～我要被住在深山的野蠻人殺掉了～」

「行。脫掉衣服到操場去，我們來用相撲一決勝負！」

「好了啦，又不是小孩子，適可而止吧。」

艾蜜姊傻眼地幫兩位男性勸架。前不良少年和前班導能別一大早就吵架嗎？

「讚啦！我贏了——！」

兩個大男人可以不要裸上半身比腕力嗎？

「唉……男人真是不論幾歲都很笨耶。包含正清，那些男生國中時就是這副德行了。」

艾蜜姊苦笑著旁觀。拜託別把我算進去。

「對了，你們來幹嘛？不會是來比腕力的吧～？」

「不重要的事啦。我可以把貼在校內的祭典傳單換成新的唄？」

「喔，這樣啊～沒問題～可以讓我看看傳單嗎～？」

學務主任還是老樣子，以懶洋洋的態度回應。跟這個人說話，連我都會想睡。

他接過傳單，戴上老花眼鏡，仔細檢查內容。

「……這麼簡陋的傳單起不了宣傳效果吧。」

「有什麼辦法！別看它這樣，我可是用免費的繪圖軟體努力過了！」

「誰教你每次電腦課都在混。」

本來以為他要跟臣哥抱怨，學務主任卻推起老花眼鏡——

「……能不能給我十分鐘？」

他移動到自己的辦公桌前，熟練地解除電腦的睡眠模式。

我從背後窺探，他打開某繪圖軟體，參考臣哥那張傳單上的宣傳詞，幫他重做一張。

「正清，你有沒有帶用在傳單上的圖片的檔案？有的話借我一下～」

「喔、喔。我有帶ＳＤ卡。」

學務主任從臣哥手中接過ＳＤ卡，接到電腦上。

「做講義可是教師的專長呢～這種等級我一下就能幫你重做一份～」

如他所言，編輯畫面逐漸成形。宣傳詞是用臣哥想的，所以學務主任能專注在調整格式、設計版面上。

他從ＳＤ卡裡複製圖片，放到編輯畫面上。到此為止只花了不到五分鐘。

他快速地打字，操作快捷鍵和滑鼠，動作熟練到產生殘像都不足為奇，我不得不佩服。

每天都在做講義的超資深教師太強啦。

「……呼，好了。我用雷射印表機列印，看你們要拷貝多少份吧。」

幾秒後……傳單從教職員辦公室的印表機印出來。

「唔哦哦……和我做的根本不能比……」

臣哥感動得聲音都在顫抖。質感差距可謂一目瞭然。

「杉浦……不，杉浦老師！謝啦！這份恩情我一輩子不會忘！」

「……喂，你態度轉變得太快了吧？拜託你平常也對我這個態度。」

看見臣哥低下頭，學務主任不禁苦笑，但他看起來有點開心肯定不是錯覺。因為不會有老師被學生感謝會不開心。

「你一定要來喔！絕對很好玩！」

「哈哈……有空我就去～」

事到如今，我才深深體會到這個地方人口雖然少，不過大部分的人都心地善良。

我們準備離開，分頭去徵求在學校及附近的公布欄等地方貼傳單的許可。走出教職員辦公室前——我被學務主任叫住。

「松本同學要參加祭典嗎？傳單上寫的『特別來賓』，就是指你們吧～？」

「我想……要看鞘音的意思。我必須先努力，才能把那傢伙拖出來……」

我給出模稜兩可的回答。

「松本同學和桐山同學都在的話，我就去看～」

「學務主任果然也是鞘音的粉絲。」

「……不，只有桐山同學的話沒意義。因為我迷上的——是由你們倆創造的聲音～」

他留下意味深長的話語，回到教職員辦公室。

「就跟會感嘆出道前比較好的老粉絲一樣。你別放在心上～」

由我們倆創造的聲音嗎……ＳＡＹＡＮＥ在東京唱出的音樂，以及過去的桐山鞘音在這裡唱出的音樂……有什麼差別呢？

我不知道。因為我是馬上就選擇逃避的遲鈍垃圾。

「啊啊～有個可靠的學弟幫忙真不錯！」

貼完傳單，我跟艾蜜姊被臣哥帶到公民館。他掛著爽朗笑容為我們帶路，真想從背後揍他。

搞什麼鬼。什麼叫「三十分鐘就好」？

從正門踏進去的瞬間。

「喔喔，依夜莉小姐家的阿修！哈哈～得救了唄！」

「啊，是的。你好……」

我一下就被臣哥的父親發現，營造出了不能輕易回去的熱烈歡迎氣氛。

公民館正在為祭典當天做準備。他們將大量的折疊椅及用來展示工藝品的桌子搬進活動大廳，製作成本低的裝飾品。

而在做事的那些人，一看就知道是以已退休的高齡者為中心。還有相較之下平均年齡偏低的數名家庭主婦。

由於要搬運重物，我可以理解他們缺人手幫忙。不過……這對相似的父子，一開始就打算抓我去當勞工吧。

平日白天閒閒沒事做的成年男性──名為松本修(尼特族)。

往樂觀的角度想，我被選上了。被選為值得依賴的員工。

「午餐我請客，拜託幫個忙！我家那個笨兒子下午要去工作，剩下那幾個學生又要去上學，全是我們這些上年紀的人，根本忙不過來！」

「……好的。」

被選上是很光榮，不過勞動的報酬只有午餐啊。提不起幹勁。

「我也會幫忙，一起加油吧♪」

「是！我會加油！」

我想被艾蜜姊稱讚，所以我要拚死加油！

「好！那阿修來跟我一起搬長桌唄！」

咦，不是跟艾蜜姊一起工作嗎？那我還是回去好了。

艾蜜姊被抓去處理文書工作，我則加入由豐臣父子指揮的粗活組。我拚命控制劇烈的心情起伏，感覺似乎得驅使懶洋洋的身體工作到下午。

「唉…………好累…………」

光是把活動大廳的地板拖乾淨，我那所剩無幾的體力就耗盡了。我迅速前去大廳避難，狼狽地啜飲著用來當參加獎的罐裝咖啡。

我真的不適合做粗活。因為我每天都在看電腦和手機螢幕。

偷偷翹班好了……

高中和大學時期，我打過好幾次工，大部分都因為曠職又聯絡不上人而辭掉。是翹班這個垃圾行為的常客。

我習慣逃避了。之後會怎麼樣不關我的事。

「……不，這怎麼行。」

我想起昨天的畫面。

她沒有徹底放棄我。鞘音眼裡沒有失望。

我喝光微溫的罐裝咖啡，在大家的休息時間結束前——提早開始搬運展示台。

只要還需要我這個人，就算是每個人都討厭做的單調雜務，我也願意做。

「啊，阿修——」

艾蜜姊走到大廳。

一聽見她叫我，我便暫時停下手邊動作。

「你流好多汗。不擦乾小心會感冒喔。」

她突然拿毛巾按在我額頭上。可以獨占一臉擔憂的艾蜜姊，使我的體力和幹勁立刻補到全滿。

男人是單純的生物。為了女人可以讓潛力覺醒。

「剩下的折疊椅跟長桌都由我來搬吧。」

我整個得意忘形了起來。因為太過興奮，不小心扛下多餘的工作。

也不曉得想被艾蜜姊稱讚的興奮劑五分鐘就會失效。

…………………腰好痛。好想哭。

我的心靈綠洲艾蜜姊也回到工作崗位了，周圍的爺爺一直在講身體哪裡痛和有哪些老毛病，以及常去的醫院……我只能默默埋頭工作。

這樣也能稍微幫上大家的忙嗎？

「呼，腰好痛……果然很累人。」

「累歸累，還是得動手做唄。我們不做的話還有誰來做咧。」

疲憊的大叔們的閒聊聲傳入耳中。

沒錯。要是沒有這些人負責策劃、籌備，祭典大概會逐漸荒廢。

辦祭典拿不到薪水，也得不到地位或名譽。儘管如此，這些人還是願意主動採取行動。

理由和臣哥相同——因為他們喜歡陪伴自己長大的這個小鎮。

我沒有那種感情。也沒資格喜歡家鄉。

「哈哈——！截球！」

喂，臣哥。

「帶球上籃！讚啦～♪」

不要光明正大地摸魚啊！

臣哥認真工作了一會兒，過沒多久就開始跟只上半天課的小學生打起室內籃球。那群大叔感覺也是趁閒聊的空檔做事，搞得默默搬椅子和展示台的我像個白痴。

「喂——修，你要不要也來打籃球？輸的那方請喝果汁。」

「不不不……我們不是來幫忙準備祭典的嗎？要認真工作啦。」

臣哥睜大眼睛，「噗哈！」笑出聲來。

「我說～準備祭典不等於工作啊。」

「可是……」

「我們自己不樂在其中的話，哪可能讓別人玩得開心。跟當地民眾交流，能帶動活動的氣氛喔。」

摸魚還敢裝出一副在講大道理的態度，有夠火大。

「所以你也一起——」

「臣哥。」

「嗯？要我讓你嗎？你進球算得十分？」

「你該去上班了吧？」

臣哥望向壁鐘，臉色發青。

我不知道晚班的時間，不過已經下午了。

「好了好了！一家之主要去上班了唄！」

他將籃球扔給我。

然後急忙跳上愛車，開車去工作了。

「咦～？臣哥哥要去工作了喔！」

「比賽打得正精彩的說～怎麼辦，陽介？」

有趣的大哥哥離開了，兩位小學生便毫不掩飾不悅的表情。他們一副還沒鬧夠的樣子，好奇地望向拿著球的我。

「大哥哥，你是誰啊？沒看過你耶。」

叫做陽介的孩子疑惑地望著我，居然把我當新來的。我不僅在東京住了五年，還一直避免跟居民交流，其他人不認識我也很正常。

「你看起來沒朋友又很閒的樣子，是大學生嗎？」

「那、那個啦。現在放『秋假』，所以我想說來幫忙籌備祭典。」

我每天都在放秋假就是了。話說這個叫陽介的小鬼受臣哥的影響，態度還真跩。

「哈哈哈！阿修是沒工作的尼特族啦！」

臣爸！別亂插嘴！害我有點被小學生鄙視！

「你們有空的話要不要來幫忙？光靠我和大叔軍團忙不過來。」

「才不要。我對旅名川祭又沒興趣～跟朋友一起打電動更好玩。」

「每年的旅名川祭都超無聊的～充滿老人味。」

我也有同感，不過小孩子太誠實了，好殘酷……

「你籃球打贏我們，我們就考慮幫忙～」

「真、真的假的？好啊好啊！」

不曉得是不是因為現在太缺人手，導致我這個缺乏運動的男人失去正常的判斷力。

「好！我也來幫阿修！旅中排球社王牌的血液在沸騰！托球就交給我吧！」

「不要用托的，請傳球給我。」

臣爸捲起袖子，這個人絕對構不成戰力吧。他還有啤酒肚。

結果我被捲入二對二的籃球比賽，一球都沒進——三分鐘就耗盡力氣。臣爸則是在比賽開始約三十秒後扭到腳，直接退場。

「呼……呼……叫我運動……太強人所難了……」

我躺在地上不停喘氣。小學生從上方探頭俯視我，眼中蘊含不滿。放過我好嗎……我又不是臣哥。

「我動不了……別管我，自己去玩吧……」

「哇～竟然逃掉了。明明沒工作閒得要命～真廢～」

啪嘰。

二十歲的我因陽介的挑釁氣得理智線斷裂。

「這跟我沒工作閒得要命有什麼關係！」

「逃」這個詞刺進胸口，強制晃醒我的身體。我立刻回家一趟，再度回到公民館——

「讓你見識一下閒得要命的大人的力量。我贏了就給我來幫忙。」

帶著遊戲機邀請他們到有電視的休息室。

「雖然我沒看過那種電動，好啊～！要是你輸了，就買Rwitch給我們！」

喂喂喂，哪有人跟沒收入的尼特要最新型遊戲機的？

算了……沒經歷過九〇年代的小學生，怎麼可能在這款遊戲上贏過我！

之後就是我的逆襲了。我選了動物坐戰鬥機互射雷射光的對戰遊戲《銀河火狐74》。

「怎麼樣！想贏我還早一百年咧！嘿嘿嘿！」

這裡有個幼稚的二十歲男人在對小學生開無雙。

我會贏很正常。因為這是他們倆出生前發售的遊戲。

我是沒教他們後空翻也沒教他們怎麼掉頭的邪惡大人。抱歉嘍，小鬼們。

「什麼！竟然……躲開了？」

他們使出我沒教的後空翻，躲開我的雷射光。逐漸習慣玩法的兩位小學生團結一致，包圍使用狐狸的我的戰鬥機。

這些傢伙！竟然在用自己的智慧型手機搜尋操作方式！

「尼特哥哥跑去那邊了！圍住他讓他死～！」

兩位小學生互相對對方下達適當的指示……是說我快哭了，可不可以別再叫我尼特哥哥？精神攻擊太卑鄙了吧。

「尼特哥哥，絕對不要放棄。相信自己的感覺。」

「閉嘴啦！」

我二度被陽介挑釁到理智線斷裂。只會叫人閉嘴，是不是超遜的？

「喂，你們學校有個叫莉潔的女生吧？她在學校過得如何？」

為了閃躲精神攻擊，我試著開啟可能會有共通點的話題，陽介陷入沉默。

「有啊～她跟我們同班～」

陽介的朋友像要調侃他似的，用手肘撞他。該不會……？

「陽介喜歡莉潔嗎？」

「誰、誰會喜歡那種怪人！我只是看她孤伶伶的很可憐，才去理她一下的！」

陽介紅著臉猛烈地反擊，讓我的處境明顯更惡化。

「我……玩銀狐竟然會輸？旅名川最強（自稱）的松本修……竟然會輸？」

被逼入絕境時還有關閉電源這個最終手段可用，但這招實在太卑鄙了。良心不安、即將敗北的男人偷偷敲了下地板。這場比賽……算雙方平手吧！

「啊！出Bug了～！」

「嗯～沒辦法，這款遊戲很舊了。」

給予輕微的震動，強制讓遊戲機當掉。孩子們率先懷疑裝傻的大人，我面不改色地換了另一片卡帶。

換玩《黃金耳》就有希望。只要在選角時秒選奧德吉伯，關在廁所守株待兔……應該贏得了！

「如果卑鄙哥哥的人生也能重來就好了呢～」

「喂，別再說了。我快哭了。」

你們的精神攻擊比想像中還虐人啊。

如果人生能跟遊戲一樣無限重製……這種願望太愚蠢、太空虛了。

「喂──你們要玩到什麼時候？阿修真像大隻的小學生。」

不知何時偷偷走到我們後面的艾蜜姊一臉傻眼。

「……是臣哥先開始玩的。」

「那個人一直都是大型小學生。你千萬別被影響。」

艾蜜姊用遙控器關掉電視，推著我的背把我帶回大廳。令人意外的是，與準備工作無關的兩位小學生也跟過來了。

「尼特哥哥太可憐，我也來幫忙。」

「下次再玩那款遊戲對戰吧～」

兩位小學生邊說邊開始幫忙布置會場。儘管只是短時間的交流，但這證明了我們多少拉近了一些距離……吧。

我只是帶遊戲來而已，卻和臣哥一樣，主動行動導致些許的變化。若我連與他人對話都拒絕，也不會有剛才的交流。

記得我小學的時候，臣哥就是像這樣陪我玩的……

「要來旅名川祭喔。絕對會很有趣……不對，是我們會讓它變得很有趣。」

「嗯！我會找一堆朋友來～！」

和陽介這樣的口頭約定，對不習慣這種事的我來說也充滿新鮮感。

【我們自己不樂在其中的話，哪可能讓別人玩得開心。】

節錄自臣哥剛才說的話。

對我來說還難以理解，不過偶爾這樣也不壞。

「謝啦！幫大忙了～」

「年輕人真厲害～！」

「不會……工作到後面我整個累到不行，幸好順利準備完了。」

會場在傍晚設置完畢。

以臣爸為首的當地居民慰勞了我幾句。

用彷彿在誇獎兒子的語氣……慰勞逃避跟他們交流的我。

上一次有人感謝我不曉得是什麼時候呢。

為了讓這些人創造出的東西，能讓更多人知道——我要在這短短幾天內拿出全力。

因為我想盡量多接近桐山鞘音期待的松本修一點。

「莉潔應該在兒童館，你要不要也去接她？」

準備組原地解散，我和艾蜜姊一同來到附近的兒童館。

跟她並肩而行的途中，我隱約察覺到——

我不知不覺長得比艾蜜姊還高了。

小時候看的艾蜜姊更高……儼然是成熟的大姊姊。不是她變矮，而是我們沒見面的這幾年，我變成了大人。

「嗯？怎麼啦？」

艾蜜姊察覺到我在偷看她，疑惑地歪過頭。

變得比我低的視線帶來喜悅——

「沒什麼……只是在想妳還是一樣漂亮。」

「喂喂，別調戲年紀大的人。有人誇自己漂亮，就算是場面話也會很高興的。」

同時也帶來時光無法倒流的寂寥。

我一面享受跟艾蜜姊閒聊，一面感到一股無謂的哀愁。

「關於要怎麼宣傳旅名川祭，有沒有考慮做廣告用的ＰＶ？」

「嗯——以目前的狀況來說，做傳單和官網就是極限了。工作人員大多是不太熟悉這方面的年齡層，正清應該也不太懂。」

這樣的話，說不定我能幫上忙。

我追尋著淡薄幻想的記憶，明白自己辦得到。

「雖然得邊上課邊弄……方便交給我來做嗎？跟鞘音的知名度比起來，或許不會有太大的效果。可是遠比什麼都不做——」

遠比什麼都不做，一開始就認定那是徒勞無功來得好。

＊＊＊＊＊

隔天星期三——我來到練習室，本來期待艾蜜姊會跟我一對一教學……不知為何，今天她一大早就穿著外出的外套。

她急忙開始準備，怎麼看都是要出門的樣子。

「咦……妳要去哪裡？」

「你沒聽正清說嗎？除了音樂教室外，我還在三雲旅館兼職。」

三雲旅館是附近的小溫泉旅館。我跟臣哥、艾蜜姊、鞘音一起泡過好幾次湯，但這幾年都沒去露臉。有在徵工讀生的連鎖店都要開車才到得了，走路可達的只有這裡而已。

「我還以為只有音樂教室……」

「我也很想，可是最近來上課的小孩也變少了。我把收入控制在能給正清報扶養的範圍內，一星期有三天要去打工喔。」

這裡果然也不好過嗎……

「我去打工除了想減輕正清的負擔外，也希望能成為讓這裡的孩子多接觸音樂的契機。學生逐漸變少還是挺寂寞的。」

「也是……呢。」

「剩下就是希望莉潔能交到朋友。想讓來參加祭典的小學生看到女兒盛裝打扮的模樣，算是一種父母心吧。」

啊～多麼優秀的女性。我的嘆息彷彿在放出充滿心臟熱源的蒸氣。有這麼願意付出的老婆，我都忍不住嫉妒臣哥了。

「艾蜜姊以前不是以職業音樂家為目標嗎？妳已經不這麼想了嗎？」

「嗯……直到高中時期，我都懷有『能靠音樂吃飯』這個夢想，不過畢業後我馬上就結婚了，還生了小孩。」

「要是妳沒跟臣哥結婚，會怎麼樣……？」

聽見我的問題，艾蜜姊想了一下。

「我沒辦法變得和鞘音一樣。能照著樂譜演奏出美妙音樂的人多得數不清，但我沒有能從零創造音樂的才能。」

她帶著溫柔的微笑聳肩，像在表示自己無能為力。

由我說出口會顯得滑稽又膚淺的台詞，出自艾蜜姊口中就有了重量。再怎麼努力練習演奏技術，仍會遇到只有天才才能跨越的阻礙……跟沒努力過就拿「庸才」當藉口的男人，有著明確的差異。

「我沒有留戀。因為正清和莉潔給我的日常非常開心。」

她略顯害臊地用真實的心情閃瞎了我。也有人覺得跟喜歡的對象結合，共度一生，比實現夢想更幸福。

我很笨，不像這樣經由艾蜜姊告訴我就不明白。

「我的夢想就託付給莉潔了！現在我的夢想就是看見那孩子實現夢想吧。」

「……這句台詞有點做作耶。」

「要你管。我自己都有點不好意思了！」

艾蜜姊紅著臉用食指戳我臉頰。就是這種可愛的動作害年幼的我小鹿亂撞，將她視為大姊姊喜歡。

「我有自信……少了艾蜜姊盯著我，我馬上會開始打混。」

「咦咦？跟我講也沒用，我今天排班排到傍晚耶。」

「所以，我去旅館練習！」

我真的從小就一直受到她的照顧。

不過艾蜜姊都會笑著答應，以致於我忍不住向她撒嬌。

我還真噁心。提出這麼任性的要求，跟到她兼職的地點。

艾蜜姊幫我跟三雲旅館說明情況，負責經營的老爺爺乾脆地答應借我一間沒什麼在用的空房。

啊，這裡也有傳單。旅館大廳和玄關貼著祭典的傳單，大概是艾蜜姊貼的。對地方民眾及觀光客的宣傳效果極佳……大概！

「哎呀～既然是我們的看板娘艾蜜莉妹妹拜託的，我怎麼拒絕得了唄。」

我對口水都快滴下來的色老頭——不對，社長爺爺表示感謝，被帶到三坪左右的和室。這家老牌的個人旅館總面積並不大，裝潢卻挺漂亮的。

感覺像運動社團的集訓。雖然我沒參加過。

除了跟艾蜜姊上課外，我還有另一個重要的目的。

「方便讓我拍旅館的內部裝潢和外觀嗎？我想用在介紹當地的ＰＶ上。」

「『呸Ｖ』是啥東東？」

「是ＰＶ。類似電視廣告那種宣傳影片。」

我簡單跟老爺爺說明，輕易地得到他的允許，用我帶來的數位相機拍攝旅館的風景。

拍完照片和影片的素材後，回到老爺爺借我的空房間。連緬懷過去泡溫泉的日子的時間都省去，著手整理費了好一番力氣才搬到這邊的沉重行李。

「如何？有辦法練習嗎？」

艾蜜姊馬上就來關心我了。她穿著胭脂色工作服的模樣挺新鮮的，不太習慣的女服務員打扮甚至散發性感的魅力。歐風的外表與和風融合……好美。

這樣……男性客人哪可能受得了？可以理解社長爺爺為何差點流口水。

「嗯，只要用耳機避免聲音傳出去，應該就不會影響到其他人，附近也很安靜，我想可以專心練習。」

「附近安靜是因為客人少啦。畢竟今天是平日。」

「這裡只有放長假或紅葉季的時候人會多。」

「對對對。這個月下旬人應該會慢慢多起來。」

雖然很失禮，但這是事實。當地的色老頭八成會以溫泉一日遊為由，跑來看艾蜜姊……不，是一定會。

「我想用在ＰＶ裡面，可以請妳擺出接待客人的姿勢嗎？」

我邊說邊拿錄影模式的攝影機對著艾蜜姊。

「咦、咦咦……？你連我都要拍呀？好害羞喔。」

「來個有點性感的成熟笑容……對，就是這樣，再來個把頭髮勾到耳後的動作。」

艾蜜姊顯得有些不知所措，但她還是跪坐在地上。看著鏡頭露出營業笑容……害我移不開視線。用在ＰＶ裡面？是私人鑑賞用吧。

她將柔順的金髮撥到耳後的瞬間，我放在快門上的食指不停鞠躬。

「討、討厭！拍太多了拍太多了！你的眼神好可怕！」

「不，再拍一下……！再二十張左右……！拜託啦，艾蜜姊……！」

我是瘋狂色情攝影師嗎？

艾蜜姊伸出雙手遮住鏡頭，大概是在害羞。我們又不是來拍寫真集的！就拍到這邊吧（保存為最佳畫質）。

「等等把我收集的照片也傳給你。正清說他會去國中和以前玩過的地方幫忙拍照。」

「謝謝！這真的幫了我很大的忙……！」

「別介意。離祭典當天沒剩多少時間，只有你一個人弄會很累吧♪」

大家分頭收集旅名川的居民和地點的相片、影片……這是昨天艾蜜姊提議的。真的很感謝她。因為我還有剪輯工作，一個人絕對忙不過來。

還有這個也不能忘。我將鍵盤放到桌上，準備上課。這是從艾蜜姊家借來的W5型號。黑色琴身看得出經年累月的使用痕跡，但保養得很好，考慮到這是二十年前以上的鍵盤，我覺得它還挺漂亮的。

「那我把手邊的工作做完再來。你先複習一下我之前教的部分。」

艾蜜姊輕輕地揮手，走出房間。無法預測她什麼時候會來檢查的壓力隨之襲來。我聽著小鳥的啁啾聲，將注意力集中在練琴上。

即使湧起想摸魚的欲望，我也會藉由想像艾蜜姊幻滅的表情撐過去。她是我為數僅少的同伴，能打從心底依靠的人。我怎樣都不希望她放棄我。

然而，幹勁隨著時間流轉逐漸降低。

幹勁無意義地空轉，覺得自己幫不上任何人。手指無法隨心所欲動作。明明大腦知道自己能做得更好。想做的事跟能做到的事之間的差距令人焦躁。

唔喔！在專注力即將耗盡時，一陣衝擊從頭上落下。

「修，你有在練習嗎～？」

回頭一看，是靠在我身上抱住我的莉潔。莉潔身材嬌小，所以不怎麼重，但她是用力往我身上撞過來的，因此造成驚人的衝擊。

「莉潔……妳不用上學嗎？」

「午休時間！自由時間莉潔都會在這個荒廢的世界徘徊。」

我望向房裡的時鐘，快中午了。由於我隔絕外界的聲音，又專注在練習上，沒注意到時間，也沒發現莉潔來了。

「媽媽說你在練習。我來監視你。」

「要是我摸魚，妳又會撞我嗎……？」

「呵哈哈～莉潔將掀起革命，給予罪人制裁的鐵鎚。」

她露出孩子氣的笑容，退到後方——

「斷罪的審判！」

「嗚！」

——使勁撲向我。

虛弱的尼特承受不住撲到懷裡的莉潔的衝擊，跟她一起倒在榻榻米上。接著，不可思議的事情發生了……我的睡意煙消雲散！

「練習得如何……咦，莉潔！」

艾蜜姊走進房間，看見莉潔跨坐在仰躺在地的我的身上！

「對不起，阿修。我馬上帶走莉潔，之後再來上課吧。」

「呃啊啊啊啊啊啊啊！妳竟敢獵巫——！」

「好好好，回去上課吧♪」

她逃出（？）小學似乎是家常便飯了。

「還有，這是依夜莉小姐給你的慰勞品。她開瓦斯行的卡車，特地繞來這邊一趟喔。」

艾蜜姊遞給我的束口袋裝著形狀不一的手捏飯糰。國中時學校沒提供營養午餐，所以媽媽總是在跟飯糰或便當搏鬥，幫我做午餐……

我雙手合十，大嚼飯糰填飽空蕩蕩的肚子。

「阿修……要讓我當岳母還太早了喔♪」

「別這樣。那是誤會。」

艾蜜姊淘氣地逗我。她牢牢抓著我行我素的幼女，暫時離開房間。艾蜜姊也在午休，所以我暫時能跟她一起練習。

嗯。大腦清醒過來，也轉換好心情了。一個人的話視野不僅會變狹隘，心靈也容易產生空隙。懷著孤獨，身心逐漸被逼入絕境。

難道莉潔是在用她自己的方式鼓勵我？

她就是由溫柔的雙親養大的溫柔小學生嘛……你們教小孩的方式沒問題喔。

「莉潔不記得有拜託你來接我。莉潔深愛著自由。」

窗外傳來莉潔的聲音。

「妳不要動不動就走失好不好！就只有我會來找妳！」

莉潔的同學陽介好像來找她了。艾蜜姊將莉潔交給他，兩人一面可愛地鬥嘴，一面走回學校。

我莫名覺得親切。那個畫面……跟以前的我和鞘音有點像。

「等我……鞘音。」

我要讓那傢伙見識，垃圾的人生最後會燒出熊熊烈火。至少在燃燒殆盡的那瞬間，我要綻放比任何人都還耀眼的光芒再凋零。

所以等著吧。我要——把妳拖上祭典的舞臺。

我不停敲打琴鍵。將全身的體重施加在上頭，用力敲打，以將聲音烙印在鼓膜上。好餓，好睏，好累。至今以來，我一直沉浸在這樣的欲望中。

手指會斷也沒關係。現在死了也——有關係。可以六天後再死，神啊，至少讓我在這五天將生命燃燒出最燦爛的光輝。

好讓我最後能笑著死去。

上課時間結束後，換成回家剪輯影片。

我一大早就在鎮上徘徊，一面取材，一面發傳單給中小學生。早上十點左右到艾蜜姊家上課。晚上回家後在電腦前工作到天亮……直到祭典當日，我的每一天都是這麼度過。

睡三個小時。看漫畫、看動畫、打電動……以前的例行公事消失在時空的另一端。

有時媽媽會來我的房間看一看，擔心地說「病人給我快點上床睡覺！」，她兒子卻會假裝乖乖聽話，等媽媽離開後立刻坐回電腦前面。

跟畢業旅行晚上，要騙過巡房的老師的攻防戰類似。

旅名川祭前一天，星期六——數分鐘前還是星期五的凌晨時段，我盯著影片的編輯畫面。揉了揉因為一直受藍光照射而疲憊不堪的眼睛，繃著臉抱頭苦思。

「少了最重要的東西……」

少了我本來要放在ＰＶ結尾的地點的影片。不，有是有……但現在「不是那個季節」。

地點是旅名川河岸邊。十月完全不是櫻花或油菜花田的季節，我拍到的影片就只有平凡無奇的河邊。

這樣一點意義都沒有。對不熟悉旅名川的人來說，吸引力太過薄弱。

只能找人借春天的影片，或是思考備案。

現在連煩惱的時間都嫌不夠了，而且這東西大概已經不能當宣傳影片用了。

能在短短一天宣傳到的範圍有限。無論是放在祭典的官方網站上，還是透過一般民眾的社群擴散。

儘管如此……我還是要做。我不想坐以待斃。

不管以前還是現在，我能做的都只有這點小事……所以，至少要做到最後。

我翻找著電腦裡的舊檔案——

「這個也……沒刪掉嗎？」

給了我一絲希望的，是數年前的照片及影片檔。

我不敢立刻正視熟悉的少女令人懷念的身影。壓抑住想移開目光的本能，將挑選出來的片段剪進ＰＶ的結尾部分。

適合搭配這段ＰＶ的ＢＧＭ別無他選。

只有將我和少女連繫在一起的唯一旋律。

「好了……」

做完最後的檢查，我關閉好幾個小時沒關的電腦。

靠到椅背上，仰望天花板……一道光從窗簾的縫隙射入。

我單手拿起手機，打電話給臣哥。今天是週六，我想他應該放假，不曉得他醒了沒？

『——……早啊。』

響了幾聲，回應我的是懶洋洋的聲音。

「抱歉，你工作那麼累還一大早打給你。你還在睡……對吧？」

『——嗯……沒關係啦。反正我睡到中午也會被莉潔打醒，你這通電話來得正好……』

我有點想看莉潔怎麼把他打醒的。

「可以把演唱會做效果用的照明設備搬進公民館的活動大廳嗎？」

『——如果你說的是那個會轉來轉去變色的燈，公民館也有啊？』

「只有立架式的燈，我還是覺得不太夠。想把鞘音拖出來的話，我想盡可能打造最棒的環境。」

『——我順便問一下，你需要什麼樣的器材？』

「ＰＡＲ燈、電腦燈、迷你觀眾燈、聚光燈……還有能調整燈光的ＤＭＸ控制器吧。我還打算跟春咲市的出租店借能強調燈光的煙霧機。」

至少想備齊這些東西。

祭典是明天，馬上準備的話勉強來得及。

『——我非常贊成，不過執行委員的預算已經半毛錢都不剩嘍。』

「我想也是……本來還想說會不會有機會……」

就算只租一天，推測也要花上好幾萬日圓。既然不能用執行委員的預算，就只能自掏腰包了。

只要盡量減少要租的器材，賣掉我的最新型遊樂器和遊戲軟體……

『——我來負責聯絡業者，你專注在自己的事就好。在會場布置和籌備活動方面，由比較常辦活動的我負責更適合。』

「咦？錢呢……？」

『——我雖然不是有錢人，這點錢就讓前輩出吧。畢竟是我把你們叫來表演的，你願意依靠我的話，我很樂意幫忙。』

……拜託不要突然這麼帥。

『——我有事也會拜託你們，所以你們遇到問題也來找我們幫忙吧。那就是同鄉情誼不是嗎？』

會害我後悔自己怎麼沒成為像你這樣的男人。

『——艾蜜莉在等你唄？快點過去吧。』

「……謝謝你，臣哥。」

我小聲道謝。

「最近艾蜜姊對我露出很多臣哥應該沒看過的表情。」

『——啥？喂，喂喂。什麼叫我沒看過的艾蜜莉？喂！喂——』

我直接掛斷電話。

我之所以靠調侃他打馬虎眼，是因為對臣哥那麼正經，我會不好意思。

這座城鎮好過分。

沒有徹頭徹尾的壞人，所以最底層的那個人就是我。

那麼——去上最後一堂課吧。

上到週六深夜的課程也即將結束，我在艾蜜姊家閉關。進入連彈祭典當天要表演的三首曲子的最終階段。

按照譜面彈奏翻唱曲對我來說就是極限，剩下只能靠正式上場時的幹勁。連續好幾天的疲勞和睡眠不足，害我的身體不規則地搖晃。

手指和手臂的痛覺麻痺了。因為太痛了，所以沒感覺了。

大腦沒在運作。只是遵循本能，沿著刻在手指上的軌跡，彈奏每天都在反覆練習的聲音。

…………………………

睜開眼睛，眼前有一名天使。

我沒死。是人界的景色。儘管記憶十分模糊，我記得自己在艾蜜姊家埋頭彈琴。一直到

我依然心繫於你

I'm still thinking about you.

——艾蜜姊的掌聲傳入耳中為止。
白色晨光從窗外灑落，將為房間增添色彩的樂器照出影子。
「呼……嗯……」
後腦杓感覺到柔軟的完美觸感。我躺在地上，視線前方是艾蜜姊天真無邪的睡臉。
哇……真的假的。我……躺在她大腿上耶。
害羞的心情湧上心頭，臉部的表面溫度急速上升。太犯規了吧。維持鴨子坐姿，睡得香甜的艾蜜姊有夠可愛。
絲襪的觸感及艾蜜姊身上的甘甜香氣，害我的心臟劇烈跳動。
我不知道為什麼會演變成這樣的狀況。不過……這一輩子都未必遇得到一次的最高級腿枕，真想再享受一下。
放馬過來，豐臣正清。現在我可是在獨占毫無防備的艾蜜姊喔。
「……嗯……咦……？」
或許是陽光太耀眼，天使的眼皮輕顫，醒了過來。
「早安，艾蜜姊。」
「早安，阿修。」
這段對話是男女朋友嗎？讚爆了。
「……可以問一下嗎？」

「嗯，什麼事？」

「為什麼我躺在妳大腿上？」

聽見這無聊的問題，艾蜜姊掩著嘴角苦笑。

「你彈完三首曲子後就立刻睡著了。你真的很累呢。」

「噢……果然。」

昨天我一整天都沒睡，所以我並不意外。

跟喝得爛醉給人添麻煩的醉漢一樣，真不好意思……

「本來想說給你躺到睡醒為止，結果我也不知不覺睡著了。對不起喔。」

「不……這真是最完美的早晨。」

艾蜜姊納悶地歪頭，全世界的男性啊，請理解我現在的心情。

「我還有點睏……可以再躺一下嗎？」

「真是的，這麼愛撒嬌。連正清都沒躺過我的大腿喔。」

這句台詞……糟糕。我有沒有露出噁心的笑容啊？

艾蜜姊困擾地垂下眉梢，然後——

「……好呀。獎勵你這麼努力。」

露出聖母般的微笑，就這樣慢慢撫摸我的頭。光這樣我就覺得一切都有了回報。有種全身的疲勞逐漸緩解的感覺。

然而，重頭戲在今天下午。我決定要在那時拿出第一次，同時也是最後一次的全力。

「艾蜜姊……」

「嗯？怎麼了？」

「我……要去找鞘音。雖然我以前選擇從她身邊逃離，過著垃圾般的人生，只有一次也好，我想試著認真跟上那傢伙的腳步。」

「現在的你一定可以……因為，你是我引以為傲的學生。」

我崇拜這個人。

因為想接近住在隔壁的外國人大姊姊，開始去音樂教室上課。她……不是我的初戀。純粹是人總有會崇拜成熟大姊姊的時期吧——我是這麼認為的。

不過，現在的我能斷言。這個人是我的初戀。左手無名指戴著銀色的戒指。已經到了我伸手無法觸及之處的艾蜜莉．斯塔林這位女性——是我曾經喜歡的人。

「艾蜜姊……我不在的話妳會寂寞嗎？」

突如其來的問題令她睜大眼睛。可是，她臉上的柔和神情依然沒變。

「……會呀。大概會一直哭，哭到眼淚都哭乾了還是繼續哭，一直在這邊等你，讓你隨時都能來上課。」

「這樣啊……謝謝妳。」

眼眶泛出的淚珠……差點滴下來。像我這樣的垃圾消失不見，居然也會有人為我難過，一直等我回來。

我的人生有意義嗎？

明明沒辦法成為任何人，也沒有久活的價值。

「……我該走了。」

「嗯，路上小心。」

我坐起身——臉上忽然傳來柔軟的觸感。細微的呼吸和淡粉色的嘴唇。艾蜜姊的吻，引發了數秒間的寂靜。

只是會對親暱的弟弟做的肌膚接觸。僅此而已。

某位小學男生就是為了得到這個獎勵，經常到音樂教室上課。

是我已經不需要的東西。這是最後一堂課，所以獎勵也到此結束了。

「這是……讓你能跟鞘音和好的魔法。」

「別這樣……我會愛上妳。」

「喂——怎麼能對人妻講這種帶有暗示性的話。」

「是讓單身男性誤會的艾蜜姊不好。」

現在，她對我來說已經是不帶愛意的珍視之人。我跟艾蜜姊都有其他更喜歡的人。

請妳得到幸福。

希望妳所愛的人，以及繼承妳夢想的小小少女，能永遠幸福。

再見了，我的初戀。

我現在就過去，我真正——喜歡的人。

＊＊＊＊＊

撕裂早晨冰冷的空氣比想像中還爽快。我華麗地閃開正在遛狗的老爺爺、老婆婆，騎單車來到鞘音家。

真心話是不安，以及憂鬱。冷汗淋漓，顫抖的雙腳不斷向前踏著踏板，甩開想逃走的衝動抵達此處。

「我是跟蹤狂嗎……」

左晃，右晃。

我騎著腳踏車在附近繞來繞去，下車四處走動……被誤認成糾纏人氣歌手的恐怖粉絲都不奇怪。

她會願意見我嗎？會願意跟我說話嗎……害怕也沒用。她變得更討厭我也無妨。不會更糟了。

那傢伙在家的機率是百分之九十八。從外面看她位於二樓的房間就知道了。鞘音喜歡昏暗的環境，窗簾整個拉起來就是她待在房內的證據。

「修？這麼早有什麼事嗎？」

「啊，早安。」

鞘音媽媽在屋簷下晾衣服。

「對不起，鞘音出門了。」

「咦，怎麼可能……」

窗簾拉著啊。雖然窗戶不知為何開了一條縫。

「……她跟我說『如果你來了，假裝她不在』把你趕回去。」

「果然在家嘛！」

鞘音媽媽隨口就說出來了。

「媽！幹嘛說實話啦————————！」

——從窗戶探出上半身的鞘音的吶喊響徹大自然。這個鄉下地方實在太安靜，她似乎聽見我們在庭院的對話了。

我還懷疑她是想偷聽我們說話，才把窗戶打開一條縫。

「…………回去。」

鞘音尷尬地開窗。鞘音媽媽兩眼發光，好奇地看著我們。似乎是以為女兒遇到感情上的糾紛。

我依然心繫於你

I'm still thinking about you.

「我想拜託妳來祭典。少了妳什麼都開始不了。」

「…………………」

鞘音沒回應，不曉得是不是沒聽見。我不予理會，接著道：

「雖然我的人生一直在逃避，這次我決定面對它，不再逃避。」

「……我不相信。」

「我可以現在在艾蜜姊家證明我不是說說而已。我會彈出讓妳服氣的音樂。」

鞘音背對著我，沉默不語。我站在庭院仰望她，所以看不出她現在的表情。儘管只是短短一週的練習，對我來說是自信的源頭。

光憑虛有其表的話語，不可能挽回失去的信賴與距離。我必須拿出成果，顛覆她認為我絕對辦不到的觀念。

「還有……我還做了宣傳用的ＰＶ。臣哥跟艾蜜姊也有幫忙。」

「……有必要告訴我嗎？」

我握緊藏在口袋裡的隨身碟——

「我想讓妳第一個看到。因為我用了那時候的影片……和那首曲子。」

舉起來給嘴唇緊抿成一線的鞘音看。

「事到如今，做這個東西也幾乎起不了作用。不過……我還是想讓妳看看，所以我把檔案帶過來了。」

即使明白沒有意義，我還是想把它當成將一件事做到底的證明——送給鞘音。
我的青梅竹馬的表情毫無變化，一動也不動。
既然她想跟我耗時間，我也忍不住了。
我高高舉起手，將隨身碟扔給二樓的鞘音。
儲存裝置描繪出優美的拋物線。
接住它吧。
拜託。
拋物線的終點——
是鞘音伸出來的右手。
她特地接住了無視的話會掉在一樓屋頂上的東西。
「……我很驚訝你會來。因為我以為我講得那麼狠，你會直接逃走。」
「我想過好幾次要逃，也好幾次想關在家裡。可是……有很多人幫助我、支撐我，我才有辦法來接妳。」
那是與五年前的差距。正因為沒有擅自一個人承擔，而是請人補足我力不能及的部分，才有那個心力面對，儘管這只是暫時的。
才能拚命追上逐漸遠去的妳。
鞘音沉默了一會兒……靜靜地關上窗戶，露出不適合她的微笑，留下一句話。

「有空……我就去。」

那是絕對不會去的人說的話吧。

第三章 鄉下人的暴風

上午十點——第三十五屆旅名川祭揭幕。

不過又沒什麼盛大的開幕典禮，也沒有攤販。簡單地說，就是很普通地開始了。公民館停車場停了幾輛車，平均年齡偏高的地方民眾忙著參觀及購買工藝品。附近的肉品市場遺址也能停車，但停在那邊的車一隻手就數得完。剩下的只有走路或騎單車來逛祭典的幾個人。

有兩百到三百人，就該高興成果跟往年一樣了吧。

『——託各位的福，今年旅名川祭也順利舉辦了。今年的舞臺表演跟以往大不相同，請大家盡情享受！』

臣哥在臺上致詞的同時也開始介紹表演節目。

『——最後真的有超大咖的特別來賓！趕快趁現在把小孩、孫子，住在春咲市市中心的人都叫來！旅名川的大帥哥在此拜託大家！』

臣哥透過麥克風炒熱會場的氣氛。坐在觀眾席的折疊椅上的老人們發出溫暖的笑聲。這個人對誰都是表裡如一，超受當地居民和長輩的歡迎。

跟害怕別人知道自己沒工作，一直避免跟人交流的男人差了十萬八千里。

「是說，你預告會有大咖的特別來賓沒問題嗎……？」

鞘音會來的機率趨近於零。我們預計下午兩點上臺，如果她在那之前沒出現，這件事就不了了之了。

「喂——修！雖然大部分都是拜託業者設置，燈光這樣沒問題嗎？」

臣哥走下舞臺問我，我則對他豎起大拇指。

「嗯，接近我理想中的會場。真的太感謝了。」

「演奏時的燈光交給我操作吧。用法他們教過我，看我們執行委員會幫你們搞個華麗的特效。」

我環視活動大廳，裡面按照我的需求設置了租來的照明器材。為了犧牲寶貴的假期幫我搞定這些事的臣哥，我想讓他看看完美的演出。

「擴音箱和音響也裝好了，這也是你弄的嗎？」

音響設備已經搬上舞臺和周邊，還設置了無可挑剔的音控系統。放在舞臺最前方的是監聽揚聲器，怎麼想都不是其他演出者會用的正式演唱會器材。

「昨天依夜莉姊和莉潔搬進來弄的。她們還把那什麼音量平衡也調整好了，我根本不懂這些東西，所以幫了我很大的忙呢。」

「是嗎……也得謝謝她們呢。」

媽媽今天也放假，還瞞著我過來幫忙啊。

「依夜莉姊特別有幹勁呢，說『我兒子要上臺，我可沒辦法接受半吊子的聲音』，啊！

嗯啊————！」

「正清！少給我亂講話！」

不良媽媽從臣哥背後襲來。

講到一半被踹屁股的當事人有點幸福地呻吟著。

「笨兒子也別閒聊了，趕快幫忙把樂器搬進去。」

「是是是。」

身為兒子的我明白……這生氣的語氣是在掩飾害羞。當面跟她道謝的話，她會更生氣，我便裝成跟平常一樣無法忤逆她的兒子。

我一個人絕對做不到。由許多人準備的大舞臺。鞘音會來。拜託要來。

我和艾蜜姊借來臣哥的車，將樂器一個個搬進去。

「鼓組很重耶……阿修，你一個人搬得動嗎？」

「交給我吧。別看我這樣，好歹是個男生。」

雖然我講了這種耍帥的台詞，但真的超重的。

我將被艾蜜姊改裝成要塞的鼓組暫時拆開，裝進專用收納包內。她開車把鼓組載到公民館的停車場後，要把它們搬到休息室……這東西卻比想像中還重。

腳踏鈸、銅鈸、中國鈸、水鈸、疊音鈸。光是鈸就有十三片。各種中鼓、小鼓共九個。

大鼓莫名其妙有三個。

媽媽也有開小貨車幫忙載，結果還是來回了三趟以上……

「艾蜜姊……需要這麼多鈸嗎……？還有，大鼓也用不到三個吧？」

「要啦！第三個大鼓是二十英吋的，比起二十六英吋的聲音不同。」

平常溫柔穩重的艾蜜姊激動地反駁。

「哎，老實說是為了好看啦♪因為我的鼓組就是只看外觀。」

我想也是呢——這樣才符合艾蜜姊的個性。話說，艾蜜姊家很有錢呢。

「鼓我搬就好，鍵盤和弦樂器可以麻煩你嗎？」

「……不好意思。」

艾蜜姊貼心地幫我接過裝鼓組的收納包。我這樣是不是超遜的？讓女生把粗活接過去做的男生比垃圾更不如吧。

看來我因為過著待在室內的尼特生活，全身肌肉都萎縮了。

「比較重的我來搬，你去搬演唱會的衣服。」

「好。」

幫忙拿東西的媽媽也宣布我派不上用場。

「就算你現在狀況比較穩定，你可是病人。別太勉強自己。」

「……謝謝。我沒在勉強啦。」

我的病情只有媽媽知道，所以她是在另一個層面上擔心我。發病後已過了超過一週，最近卻沒什麼明顯的自覺症狀。

雖然不能保證我沒在勉強……至少把我自己要用的鍵盤合成器搬進去吧。

「弱者無法在戰場上存活。若這裡是中世紀的歐洲……你已經死了。」

「唉，我好廢。」

真想學習輕鬆地搬起吉他的莉潔師父。

吉他和貝斯各帶了三把以上，包含替換用的調音不同版本跟備用的。我氣喘吁吁地說著喪氣話，終於將樂器和附屬品統統搬進去。

我躺在休息室的榻榻米上，多少補充一些體力。

「都準備到這個地步了，還透露有特別來賓會來，要是那傢伙沒來……我會哭喔。」

「鞘音嗎？她一定會來啦。」

艾蜜姊異常地樂觀。她瞄了手機螢幕一眼，微微揚起嘴角。

「還有，對不起。你們特地幫忙，ＰＶ卻浪費掉了……最後根本沒地方用。」

「怎麼會，才不會沒用呢。阿修的心意一定會傳達給某個人的。」

艾蜜姊搖晃著頭鼓勵我。光憑這句話……只是埋頭猛衝的男人就覺得有了回報。

總而言之，我的手腳痠到不行，休息到中午吧……

「來玩～來玩～」

然而，莉潔跑來妨礙我。她騎到趴著休息的我背上，搖晃嬌小的身軀。是不重啦，可是拜託妳住手——

「媽媽～修～來玩～」

「好好好，知道了～」

艾蜜姊輸給在耍任性的莉潔，起身牽起她的右手，頗有母親風範。

「機會難得，阿修要不要也一起來？」

「當然。」

男人真是單純的生物。竟然把女性的邀約看得比休息更重要。

我鞭策疲憊不堪的身軀，握住莉潔的左手。體驗著親子一般未知的感覺，三個人一起參觀展覽品，欣賞和太鼓及合唱的表演。在丈夫當執行委員期間，帶走他的妻子和女兒的男人…………這是外遇嗎？

我媽則在跟鞘音媽媽聊得有說有笑——

「喂，桐山，妳這傢伙，竟敢把畢業紀念冊的照片洩漏給艾蜜莉！」

「哪有哪有。我們只是在喝茶聊天～一邊看畢業紀念冊而已～」

「屁股過來。我要踹妳。」

「害羞的小依依也好可愛～♪」

「別叫我小依依！不要散播我的黑歷史，拜託，求您了。」

嗯……我不知道這算不算聊得有說有笑，但她們是同學，所以氣氛挺歡樂的。其他同年級的好像也來了幾個人，形成像小型同學會的團體。

不過，來會場的人大多是平均年齡五十歲的當地民眾。全是熟人，不如說是一輩子至少有看過一次的老班底。

我們只靠傳單跟官網宣傳，我也不認為這場祭典規模有大到住在市中心的人會花單程四十分以上的交通時間來參加。如果當地的小孩和年輕人能對祭典更有興趣就好了。

要不要再去鞘音家一次看看？雖然看她剛才的態度，我們之間八成不會有交集。

「碰到你了！我啟動防護罩！禁止用雷射光！」

也有小孩把公民館的角落或停車場當遊樂場玩鬼抓人。與其說是來參加祭典，感覺只是想要個能出去玩的藉口。

其中一名在玩鬼抓人的小孩，往我們這邊跑過來……

「尼特哥哥——！」

是陽介！你真的來啦！

「我聽朋友說的，ＳＡＹＡＮＥ真的會來唱歌？」

突如其來的問題導致我愣了一瞬。

「大哥哥，你之前不是在空地跟ＳＡＹＡＮＥ一起玩嗎？有沒有聽說什麼？」

「嗯嗯？我們關係沒好到那種程度，所以我不知道耶……」

「你們明明穿同樣的衣服?」

「純粹是因為我們只有同一件運動服能穿。」

我們玩足壘球的時候似乎被看見了。那傢伙有公開出生地,因此我能理解當地的小孩也認識她。重點在傳單應該沒提到鞘音的名字才對,我無法理解消息為何會傳開。

「今天的表演……莉潔要上臺對吧?幫我跟她說……我會為她加油。」

陽介不停偷瞄莉潔,以細不可聞的聲音說道。原來如此。說自己是以SAYANE為目標,是他在掩飾害羞。啊啊,純純的愛害我背好癢。

「我知道你會害羞,不過這種事要親自跟對方說。不趁對方還能觸及、還願意聽你說話時對她說『喜歡』的話……你會後悔的。」

「別、別誤會了!我才不喜歡那傢伙!」

「我不知道小時候是怎樣,但我想你長大一點就會發現嘍。」

明明沒那個資格,我卻高高在上地講出這種玩笑話。不懂戀愛的莉潔愣在原地,陽介則飛奔而去,以掩飾臉上的紅潮。

「阿修,該吃午餐嘍。」

不知不覺,時鐘的時針快走到正午了。

「哇——!是艾蜜莉姊姊——!」

「別靠近艾蜜姊!小鬼滾去吃糖啦!」

我趕走利用小孩子的特權湧向艾蜜姊的色小鬼們。這些傢伙，思考模式跟小學時期的我一樣吧……

由於艾蜜姊邀請我，我們便先來到當地的得來速餐廳吃午餐。她意識到剛才的氣氛，異常興奮地尖叫「阿修……那是小學生的戀情對吧？是我女兒的青春對不對？哇——！」我一面叫她冷靜下來，一面跟母女倆享用本地名產味噌拉麵。

回到公民館時——

「這是……什麼狀況？」

我和艾蜜姊不停地眨眼，懷疑自己看錯了。

現在時間下午一點，停車場幾乎停滿車子，連肉品市場遺址都停了一堆車。

除了當地的車牌號碼外，連鄰近縣市及關東的車牌號碼都有。我二十年來的人生中，從未看過安靜的溫泉街旅名川有這麼多車。

「哎呀！怎麼回事？」

住在這邊的老爺爺、老奶奶路過時，也自然地感到驚訝。連參加者多得莫名其妙的鄉下葬禮都不會有這麼多人。任誰來看，人數都明顯比上午還多，年輕人的比例也大幅增加。

旅中的學生也接連趕過來了，還有講標準語的陌生年輕人。講關西腔和九州腔的人也不少。

「哦哦，原來如此～押花真是門深奧的學問。」

我環視人滿為患的會場，在押花體驗區看見一名中年男子混在小學生中。是當初沒正面回答會不會來參加祭典的學務主任。

「杉浦老師！你跟小孩子混在一起幹嘛——！」

「哇、哇……嚇、嚇我一跳。」

調皮的艾蜜姊從背後抓住他的肩膀，學務主任嚇得整個人彈起來。

「託學務主任的福，旅中的學生好像也來了不少。真是謝謝您。」

「不，我幾乎什麼都沒做喔～接觸地方的文化和祭典也是教育的一環，身為老師當然希望學生多多體驗呀～」

我低頭道謝，學務主任謙虛地點頭說道。

「可是我來這邊是基於個人興趣喔～因為我忘不了五年前的感動啊～」

「……鞘音沒有要來的跡象喔。」

「哈哈……放心啦。你不覺得這個氣氛很異常嗎？」

學務主任四處張望，語氣有點雀躍，不知是不是我的錯覺。

平常冷冷清清的公民館散發展演空間般的熱鬧氣氛，找不到位子坐的人站在那邊，化作一堵人牆。

男女老少約五百人……不，可能還會繼續增加。

「她會掀起一陣暴風～她啊——擁有能吸引人的獨一無二的才能。」

總是無精打采，一臉沒睡飽的學務主任興奮地握緊拳頭。

暴風啊……有辦法在這麼小的鄉下村落掀起暴風嗎？

「你可以的啦～能支配捉摸不定的暴風的絕對存在——就是你！」

不不不，喜歡音樂的人的腦袋真難理解。為什麼對我評價這麼高？鞘音能在東京紅起來，是因為她很拚。是靠那傢伙的努力。

離開鞘音後，我連她的歌聲都避之唯恐不及。我這種人寫的曲子，她不可能會想回憶起來吧……

「對了，今天早上桐山同學來了學校一趟。」

「咦？為什麼？」

「不清楚，不過你遲早會知道吧～？」

「不不不……我又不會讀心，哪可能知道。」

遲早會回東京，所以想記住母校的模樣……我猜是這樣的原因。

「杉浦————！喂喂喂，你怎麼變這麼老！」

「……哇、哇……又來了個不良少女。」

媽媽大叫著抱住學務主任的肩膀。

「依夜莉小姐也認識杉浦老師呀？」

「不只認識，這傢伙是我的班導。差不多是二十五年前的事吧？」

媽媽國中時，學務主任大約三十歲。

「有這樣的媽媽，兒子卻是認真的學生，真的太好了～像正清就嚴重受到依夜莉的影響，不是翹課就是跑去跟其他學校的學生吵架。」

「喂，你什麼意思，啊？越要人費心的學生越可愛吧？」

「啊！啊！不良少女幹嘛打我背——」

學務主任被媽媽狂拍背，卻不怎麼反感的樣子。看起來有那麼一點享受跟學生重逢。

對了，我記得學務主任也有來參加爸爸的葬禮。雖然記得不太清楚，這兩個人湊在一起的畫面並非似曾相識。

「我以前給你添了很多麻煩，也讓你看到我脆弱的一面……現在我跟兒子過得很開心。今天的驚喜會讓你合不攏嘴，好好期待吧。」

「這樣啊～我會期待的～」

學務主任露出自然的笑容。

看起來像鬆了口氣，煩惱總算解決的柔和微笑。

希望有這種令人懷念的邂逅的祭典能永遠持續下去。我誠心祈願。

「阿修，是時候換衣服了。」

「啊，對喔。」

離上臺剩不到一小時，必須開始準備換衣服。我們和學務主任道別，回到休息室，女性組則移動到代替更衣室的小房間。

不曉得是不是因為我太緊張，好渴。很久沒在觀眾面前演奏了，會緊張也很正常。手指不受控地顫抖，心跳快到心臟彷彿要炸開。

我將空氣吸進緊繃的喉嚨中，放鬆僵硬的肩膀，深深地吐氣。

這樣絕對會失誤。得想辦法冷靜下來。

孤單的男生留在休息室換上艾蜜姊準備的服裝。黑西裝搭同色襯衫的單色穿搭，將松本修這個一無可取的素材偽裝成休閒風。

等我換好衣服，女性組也回到休息室了。

「鏘鏘——如何？」

艾蜜姊宛如少女般展開雙臂，轉了個圈展示身上的衣服。

這疑似她親手製作的服裝在暗色系布料上點綴時髦的荷葉邊，跟我們預計演出的曲子風格十分相符。和那天使般的神聖容顏產生的化學反應讓人受不了。

「太棒太完美了。」

「哇～謝謝稱讚♪本來還在擔心我都這個年紀了，會不會太勉強。」

怎麼會？您的青春和美貌完全看不出是生過小孩的人妻。

「……我、我穿這樣實在不適合吧？」

沒想到連媽媽都換了衣服。她彆扭地按著裙襬，或許是因為太少穿裙子的緣故。

「……嗯，不適合。」

「臭小子，給我識相點。我還是去換褲子好了。」

她用帶有殺氣的語氣罵我。

說實話，完全不會不適合，不如說，這個清純感搞不好會被誤認成大學生。媽媽膚質好，長得又高，難怪當地的國中生會看得出神。

莉潔的便服是哥德蘿莉服，因此我的感想與平常相差無幾。這身服裝與她的大眼相輔相成，儼然是一尊洋娃娃。可以說是待在這種鄉下地方太過可惜的黃金原石。

「離上臺剩三十分鐘，開始搬樂器吧。其他表演結束了，現在簾幕是放下來的狀態，所以發出聲音也沒關係。」

我們聽從臣哥的指示，著手搬運放在休息室的樂器。也有請臣哥和執行委員幫忙，將東西搬到設置舞臺的活動大廳。

表演開始的前五分鐘，那傢伙還是沒出現。

舞臺已設置完畢。被黑色簾幕遮住的觀眾席傳來嘈雜的交頭接耳聲，從未間斷。跟往年只有數十名老人坐在那邊的情況，氣氛截然不同。

我們在側臺待命。臣哥對著觀眾吆喝「這是今天的重點活動」的聲音也逐漸遠去。

緊張、不安、失敗後的批評、主要的精神支柱不在。

直接逃離，打從一開始就不要做，是不是就不會有人受傷？
事到如今，就算拿出全力，就算試圖掙扎，是不是也太遲了？
我是不是一輩子都得不到那傢伙的原諒？

…………

……！

這震耳欲聾的歡呼聲是什麼？
而這地震般的回音又是什麼？
旅名川這個地方，除了運動會外不會出現加油的衝擊波。
我忍不住了。
我忍不住往公民館的門口——埋頭猛衝。
果然是妳。
身穿演唱會服裝的女人騎著愛用的三輪車前來。
這傢伙是怎樣？

不要散發出騎重機過來的神祕氣勢好不好？
現在哪是妳優雅地撥開光澤亮麗的頭髮，脫掉單車用的超土安全帽的時候。
還在那邊仔細把車鎖好，沒人會偷啦。
開什麼玩笑。我無法控制。
興奮物質過度分泌，導致我的情緒異常激動。
儘管她的登場方式這麼搞笑，我卻不受控地顫抖著。

真是超帥的。

「我來大鬧一場了。」

她裝出冷淡的樸克臉，如此宣言。
可是，面具底下潛藏著熱情。
以蘊藏堅定自信和豐富經驗的清澈眼眸，目不轉睛地凝視我的女人——名為桐山鞘音。
只要有我和鞘音，什麼都做得到。
什麼地方都去得了。

「——來吧。由我和妳。」

沒什麼是不可能的。

任何的不安、痛苦，鞘音的背影都會為我排除。

只有今天回到五年前也行吧。

好似要引起大爆炸的歡呼聲和期待，是即將登陸旅名川的暴風前兆。

我牽起鞘音的手，衝上迎接開幕最高潮的舞臺。

鄉下的公民館明顯超出負荷。我和鞘音擠開大量的觀眾，站到臺上，與在側臺等待的成員會合。

在艾蜜姊的提議下，我們五個牽著手，圍成簡單的圓陣。

「聽說有個人頂著一張不安的蠢臉在等我。」

鞘音馬上用尖酸刻薄的話語挖苦我。

「難道……其他人都知道嗎？知道鞘音會來……」

大家紛紛點頭微笑。

他們都知道……這些人故意瞞著我！

鞘音之所以事先換好了服裝，八成也是艾蜜姊偷偷送過去的！

「今天早上我收到簡訊～鞘音叫我們瞞著阿修。」

好過分。只有我白擔心了一場。

「……主角晚點登場，不是很帥嗎？」

「真的求妳別這樣……」

鞘音毫不愧疚地這麼說，我無言以對。可惡。

「簡單地說，是只想讓阿修看見自己帥氣一面的彆扭少女心——」

「啊——————！艾蜜莉小姐！」

艾蜜姊笑吟吟地補充，鞘音像隻猛獸似的威嚇她。

艾蜜姊的聲音被她的尖叫蓋過，根本聽不見……

「……咳，玩樂時間到此為止。」

咦，晚到的傢伙清清喉嚨，開始發號施令了耶。

「什麼為了故鄉之類的理由，對我來說一點都不重要。想唱就去唱。就這麼簡單。」

五人的目光交錯，大家都點了點頭。

在觀眾等待開場的詭異寂靜中，我調整好呼吸，一口氣大吼：

「讓我們瘋到燃燒殆盡為止！」

大家「一、二、三——」舉起牽在一起的手，在吶喊「上吧！」的瞬間放下手再放開。

我使了個眼色，告訴從簾幕後方探頭觀察情況的臣哥我們已準備就緒。沒有這個人，我就不會和鞘音站在一起。希望這幾分鐘能成為我的報恩。

於是，厚重的簾幕——緩緩升起。

映入眼簾的是不規則散落的無數流星（電腦燈）直線劃過雲朵（煙霧）效果的「人工夜空」。刺眼的PAR燈光從上下左右掃射而來，彷彿要灼燒視網膜。煙霧機的薄煙過度襯托光束，營造出壯闊的演唱會氛圍。

這裡才不是什麼公民館的大廳。

這裡已經是桐山鞘音降臨的現場演唱會舞臺。

大廳的窗戶用黑布遮住，燈光照亮的只有五位當地民眾。

吉他手與貝斯手站在兩側。鼓手及鍵盤手在後方守望。主唱拔下麥克風架上的麥克風，站在中央。

由於逆光的關係，觀眾的身影幾乎與黑暗同化，從舞臺上只看得見輪廓。不過，龐大的熱量及期待使我全身的神經化為興奮的俘虜。

只有我們能點燃膨脹起來的人類火藥。

掀起一陣暴風吧。熱氣的暴風。

艾蜜姊舉起鼓棒，敲了四下腳踏鈸。

落地鼓、小鼓、大鼓的前奏開闢出道路，不時用左手敲打低音落地鼓。

以過門為信號，調降三個半音的吉他和貝斯產生共鳴。

莉潔狂妄又厚實的重覆段在節奏組打好的基礎上狂奔，低音的擦弦聲為伴奏添上沉重的裝飾。

站起來。坐在折疊椅上的傢伙統統給我站起來。

歡呼聲隨著逐漸加速的旋律變大，熱氣的回音彷彿在跟我們對抗。我靠著掌握琴鍵的手指彈出震撼鼓膜的聲音，讓聽眾的身體傾向前方。

別光聽前奏就滿足了。鞘音的歌聲脫口而出的瞬間，膨脹的空氣產生裂痕。

導致空氣破裂的是觀眾舉起來的拳頭和吼聲。靈魂受到刺激。為了不輸給為我們加油的激流，我們也沒有停止躍動。

瘋狂甩動頭部，讓視界劇烈震動。

鞘音的情緒達到最高潮，在大廳掀起一陣暴風。刺眼的光（迷你觀眾燈）照亮歡呼的聚集物。

老人也驅使挺不直的腰桿，像消耗壽命般吶喊著。原來學務主任是會那樣甩頭的人啊。

一進入鞘音的獨唱部分，莉潔纖細的手指便秀了一段精密的點弦。艾蜜姊敲打中鼓的速度快得彷彿要把鼓敲破，讓人聽見鼓的哀號。

展現出來。深愛音樂的母女將她們的演奏展現出來。

煽動。鞘音灼熱的吼叫，是將數千名觀眾導向高潮的即效性的愛撫。

把妳們的全部展現出來。

讓他們看看我的、我們的集大成。

第二首曲子是想像與戀人分別及春櫻的抒情曲。換成音高正常的弦樂器彈出的前奏散發一股和風的哀愁。莉潔的吉他發出的扭曲回授刺激著我，身體的感覺、一切的雜念都像麻痺般不停抽搐。

意識沉浸在聲音的世界中。

我善用兩組式的鍵盤合成器，靈活地分別使用原聲鋼琴和弦樂器的音色，釘住觀眾的視網膜及鼓膜。

那麼瘋狂的一群人，如今站在原地不動，專心傾聽旋律。

我不時會和艾蜜姊、媽媽、莉潔對上目光。我現在帶著什麼樣的表情呢？跟她們一樣，帶著發自內心感到喜悅的微笑嗎？

無數的汗珠落在琴鍵上，反射燈光形成夢幻的景象。不夠。想取回失去的五年前，還遠遠不夠。

我很想跟那傢伙用同樣的速度前進，不過那傢伙願意配合我的步調——是僅存於此刻、虛無縹緲的奇蹟。此情此景，我一輩子都忘不了。

從記憶中刪除的鞘音的歌聲，我絕對不會再忘記。

我沉浸在餘韻中，環顧觀眾席，目瞪口呆。八分鐘轉眼間就過去了。

我真的彈了兩首歌嗎？完全沒有實感，但從那如雷的掌聲及安可聲判斷，應該是彈到最後了。

在原地站了一會兒的鞘音從側臺拿出備用的吉他。

她拿起手中的吉他，將麥克風拉到嘴邊。

『——初次見面。我是夢想能出道，目前沒有工作的鞘……鞘衣。』

我忍不住笑出來。還鞘衣咧……用點更像樣的假名吧。

我想這是她為了避免身分曝光瞎掰的設定，可是觀眾早就看穿了。大部分的年輕人都在大喊「ＳＡＹＡＮＥ——！」。

『——我是在旅名川長大的。小學時期，我模仿青梅竹馬開始去音樂教室上課，升上國中後，跟他一起作曲……都是過去的事了。』

過去的事嗎……不意外。

『——今天，今天一天，我有種回到過去的感覺……純粹地享受唱歌。「一個人」唱歌雖然還很痛苦……我……想變得堅強到總有一天能回到大家面前……』

從我的位置，看不見站在舞臺最前方的鞘音的表情。

『——最後一首。《be with you》。』

可是，她的聲音在顫抖，微弱得宛如快消失……是誰害的呢。

鞘音轉身，臉上掛著淺笑。

她的嘴唇唸出安可曲的曲名。鞘音再度背對我們——回頭的瞬間滑落臉頰的那道淚痕卻烙印在我眼中，令胸口一陣悶痛。

前幾天，鞘音在出遊時哼過的自創的詩。

我們一起創作、一起走過的唯一足跡。

——一切都是從這裡開始的。

主要燈光全數關閉，聚光燈的光線瞄準桐山鞘音（主唱）和松本修（鍵盤手）落下。

我將手指放到黑白琴鍵上，奏出琴聲。

用左手彈和弦，右手加上主旋律。慎重得如同在撫摸戀人的肌膚，如同在溫柔擁抱對方，和第一首激烈的樂曲成反比的旋律。

鞘音配合鋼琴獨奏的前奏，緩緩唱出歌聲。

把歌詞投射在自己身上，或青梅竹馬身上，將激情的思緒轉為歌聲。唱到副歌時，舞臺上的燈亮起。所有樂器一同將故事描繪出來。

鞘音和莉潔的雙吉他美麗地交錯，慢節奏的鼓聲及貝斯輕輕撐住少女脆弱的背影。

那傢伙在哭泣。

她大概在含淚拚命擠出歌聲。

我要做的只有將鞘音的聲音傳達出去。

承受那傢伙的歌聲，直到彈完鋼琴的尾奏。

＊＊＊＊＊

「乾杯——！」

演唱會結束後，我們跟收拾完會場的臣哥會合。在我家集合的六個人單手拿著飲料，召開祭典的慶功宴。桌上除了大量的酒和無酒精飲料外，還有地方居民送的慰問禮和特產。

艾蜜姊做的菜超好吃。只要有這個，其他我什麼都不要。我看都不看特產一眼，盡情享用艾蜜姊做的煎餃及炸蓮藕。

「哎呀～大家辛苦啦。氣氛熱鬧到了極點，祭典超成功的。」

臣哥雖然很累，心情倒是不錯，拿起酒枡將當地的酒送入口中。

艾蜜姊叮嚀他「明天開始就要上班了，別喝太多喔」，很有夫妻的溫馨感。這樣啊，其他人明天開始就要上班啊。跟我沒關係。

「結果有多少人來參加祭典呀？」

聽見艾蜜姊的問題，臣哥揚起嘴角。

「竟然有五千九百人！往年三百人就該謝天謝地了，真恐怖！」

「……我的知名度也沒什麼大不了嘛。」

「不不不……這數字已經遠遠超出旅名川的人口。都可以在附近蓋一座村子了唄。」

鞘音恢復成平常樸素的模樣。她在演唱會上所說的話、所流的淚水，依然烙印在我的腦海，揮之不去。

我不禁懷疑，那該不會是一場夢吧？

「妳讓這場祭典多了『那個ＳＡＹＡＮＥ在旅名川祭重新開始！』這個神祕的附加價值！聽說『旅名川』在網路上的搜尋次數也直線上升喔！」

能理解臣哥為何這麼興奮。在人氣最高之時暫停活動，回到故鄉開突發演唱會，這個回歸初衷般的展開可能會是珍貴的附加價值。

不曉得是不是因為像學務主任這樣的老粉絲偏多。有些喜好獨特的人，比較喜歡鞘音以旅名川周邊為中心活動的獨立時期。

「我這輩子從沒看過旅名川擠了這麼多的人。好像滿多人是從東京過來的，到底是什麼魔法？」

「我也跟依夜莉姊有同樣的疑問！我們雖然有用傳單或網站宣傳，上頭又沒提到SAYANE的名字！」

「結果大家都知道妳要上臺唱歌呢。」

「小丫頭，勸妳對與友人的盟約起誓，速速招供。」

屈膝而坐的鞘音讓莉潔坐在她的大腿上，默默吃著紫蘇捲。

我們的視線同時落在她身上。

「……也沒做什麼。只是把照片傳到社群網站上而已。」

鞘音隨口說明，拿起手機給我們看。SAYANE的官方帳號發了短短一句「突擊旅名川祭」，附上一張圖。

……是穿著旅中運動服的鞘音騎在愛車三輪車上的照片。

這無自覺的天然行為，肯定也是她受到眾多粉絲喜愛的原因之一。

「妳……還沒換手機啊。」

「……只是因為它還沒壞，沒必要換。」

「熟悉的老舊機種」使我忍不住做出反應。持有者尷尬地立刻將手機收回去。

我突如其來的咕噥透露了「喜悅」之情。如果我能將真正的心情變換成表情……以前我是怎麼做的？我已經……忘記了。

一抹寂寥混入無謂的興奮感中。

這抹寂寥，是源自不知何時摸透如何使用智慧型手機的鞘音。她自由拍照、自己經營社群網站的模樣——我「從來沒看過」。

「哇哈哈——！鞘音超搞笑的！不愧是前單車暴走族！」

「囉嗦。吵死了。閉上你的嘴巴。」

「是，對不起。」

被比自己小八歲的鞘音一瞪，遜到極致的前不良少年立刻道歉。

「莉潔！鞘音脾氣有夠差的。」

「莉潔疲憊不堪。庶民閉嘴，快獻上果汁。」

「是，辛苦您了。」

僕人臣哥為莉潔倒了杯可樂，真的好遜。

「也就是說，數十萬粉絲看到這篇文，急忙搜尋旅名川祭。鞘音是今天早上發文的，引來將近六千人果然很恐怖唄。」

「從東京走高速公路開到這裡也要五小時以上，就算搭新幹線再轉乘地方線和計程車，也要三個半小時左右……好厲害。」

我如此分析。事實上，這是跟ＳＡＹＡＮＥ的免費演唱會同等級的活動，事先宣傳的話搞不好會到萬人規模。

「……昨天我還沒打算去祭典。只是因為起床後我改變心意了，才發了那篇文。」

鞘音低聲這麼說道。

「太感謝鞘音了。演唱會結束後，我家的音樂教室來了一堆人，之後還要舉辦體驗課程呢♪」

「我、我只有唱歌而已。不過，艾蜜莉小姐高興就好。」

艾蜜姊帶著燦爛的笑容感謝鞘音，鞘音則害羞地移開目光。

演唱會一結束，艾蜜姊便幫她家的音樂教室宣傳了一下，結果一堆小學生和家人跑去詢問，盛況空前。那些人一下問「可以學哪些樂器？」，一下問「能變得跟大姊姊他們一樣厲害嗎？」、「想讓我的小孩到那邊上課。」，似乎頗有興趣的。

其中也有幾個旅中的學生，他們來詢問詳情倒是出乎我的意料。

「旅中的孩子對音樂感興趣，我也好高興喔。他們好像想在閉校前辦場活動。」

「太好了，看來旅中的傳統會在閉校那年復活。聽說我們畢業後就沒人辦活動了。」

「對啊。雖然我是迫於無奈才來幫你們，如果這能成為一個契機，那還挺好的。但我絕對不會再幹同樣的事，脖子和肩膀有夠痠。」

「嘴巴上這樣講，媽媽在演奏時超投入的吧……好痛！」

媽媽用手指對我射橡皮筋，大概是被兒子戳中痛處。妳是小孩子嗎？

「莉潔也交到幾個朋友了對吧？太好了♪」

「我不需要朋友。朋友會害莉潔變軟弱。」

「騙人。媽媽知道妳用通訊軟體跟人家交換了聯絡方式喔。」

艾蜜姊誠心為莉潔感到開心。

對了，莉潔滿受歡迎的。小學三年級生展現出如此驚人的技術和表演，難怪她在班上那麼受歡迎。

以鞘音為目標的觀眾也為莉潔著迷，我還在網路上看到有人轉貼演唱會的影片。才剛提到她，莉潔的手機就「叮咚」響了起來。

「……收到訊息。來自戰場的朋友。該如何是好？」

「我沒資格講這句話啦，不過朋友的訊息最好回一下。」

「唔唔唔……戰士或許也需要休息。」

莉潔雖然有點不知所措，仍用不習慣的動作打字回覆對方。

交友圈狹窄的尼特自以為是地給人建議，挺好笑的就是了。

「戰場的朋友說想拜莉潔為師。」

「哇～♪莉潔師父誕生～♪」

艾蜜姊樂得跳起來！都這麼大了還如此天真無邪，真可愛！

「然後呢？妳的徒弟叫什麼名字？男生？是男生對吧？」

「陽介。」

艾蜜姊「哇————！♪」像個少女似的尖叫。莉潔面無表情，看起來毫無反應……但你算是拿出男子氣概了，陽介。

「……我的孩子莉潔交到朋友了，我有點寂寞。」

鞘音，妳把自己設定成什麼角色？

「爸爸不會同意妳交男朋友！嗚嗚……莉潔要一直住在爸爸家喔……」

大家都無視狼狽地開始啜泣的臣哥。

「是說，演唱會的氣氛真不是蓋的！下到觀眾席的鞘音差點被壓扁，有夠恐怖！」

臣哥立刻振作起來，回想起觀眾的熱情，嚇得直發抖。

第一首歌唱到第二段副歌時，現場的熱度飆到最高點，鞘音直接跑下觀眾席，導致近六千名觀眾一口氣湧上來。

演唱會結束時，莉潔跳進觀眾的海洋。雖說被人群拋著玩滿青春的，沒想到我也忍不住模仿她跳了下去。不曉得是被興奮起來的鞘音感染，還是被演唱會的餘韻影響……我竟然玩得那麼瘋。

「修那傢伙則是被觀眾閃開，摔在地上唄！笑死我了！」

「別笑……！真的超丟臉的……！」

那些傢伙，莉潔跳下去就接住她拋著她玩，我跳下去就靈活地閃到一邊！害我膝蓋用力撞上地面，痛到爆炸！就因為我不是美少女嗎！

「呵呵……」

鞘音掩著嘴角，笑得連肩膀都在抖。拜託妳不要回想啊啊啊……

然而，也有對我而言挺愉快的回憶。陽介誇我「尼特哥哥也好帥喔！」。我過著不習慣被人稱讚的人生，所以一想起來就不禁露出噁心的笑容。

買臺二手Rwitch給他好了……？

「我再年輕個二十歲也會跳下去。一個大媽跳下去，他們應該接不住，萬一落得跟我兒子一樣的下場就太可悲了，所以我才沒幹這種事。」

「不不不，依夜莉姊的飛撲是獎勵好嗎！我小學就想摸摸看依夜莉姊豐滿的尊體！妳的胸部完全沒下垂耶！」

好恐怖——這不是該對學弟的母親說的話啊——

臣哥絕對喝醉了……

「艾蜜莉，把那個白痴按住。我要滿足他的希望撲到他身上。」

「遵命～♪不好意思，我老公太沒禮貌了～」

「住、住手！啊、啊……啊啊啊啊啊啊啊啊啊！」

臣哥被臉上掛著駭人假笑的艾蜜姊架住，喝醉的媽媽對他使出套索式踢擊。啊啊，這大姊頭和小弟的距離感，超懷念的。

話說，連媽媽都說「落得跟我兒子一樣的下場」。好過分。我會留下心理陰影喔，我說真的。

「對噁心的庶民給予制裁。根據七條盟約，你有義務贖罪並懺悔。」

「莉潔……好重啊啊啊啊啊……原諒爸爸……」

莉潔一屁股坐到趴在地上的臣哥腰上。

艾蜜姊傻眼地看著這一幕，儼然是理想的家庭。臣哥也只有嘴巴在喊痛，一舉一動都表現出幸福的滋味。

讓我藉著微醺的醉意哀嘆一下吧。好羨慕。幾個月前我還是大學生，所以對結婚生子這種事不太有真實感……但我誠心嚮往。

我置身於喝酒開趴該有的混亂氣氛旁，拿無酒精飲料滋潤口腔，以緩解緊張的情緒。

「鞘音……那個，我……」

單純的感謝卡在喉嚨。

「……幹嘛？想說什麼就直接說。這樣會害我不耐煩。」

「今天……謝謝妳。託妳的福，大家都露出了笑容……」

「……就說我沒做什麼了。那是包含執行委員在內，許多人努力的成果。」

對話立刻中斷，無法拓展話題。

鞘音也微低著頭，一副難以啟齒的模樣觀察我的反應。

唉，我們的視線都游移不定。我該往哪裡看……

就在我努力維持平常心，以免自己的行為舉止顯得很詭異時。

「……你也辛苦了。」

沒想到她竟然慰勞我。還幫我夾了一盤桌上的竹葉形魚板。

「……妳也是。」

所以我也得回禮才行。我幫鞘音的馬克杯倒了烏龍茶。

「……今天的演唱會，你開心嗎？」

「……嗯，超開心的。甚至希望這段時間能永遠持續下去。」

「……我也是。」

之後我們便陷入沉默，別過頭進入吃飯模式。要說有什麼變化，就是釣魚時的那段微妙距離感沒了。

鞘音在我伸手即可觸及的距離，我待在鞘音身邊。

感覺不壞。

我是這樣想的，妳呢——

過了晚上十點，熱鬧的慶功宴也差不多要解散了。

臣哥忽然站了起來。

「我代表執行委員跟大家道謝。演唱會的感想跟影片好像傳開來了，對旅名川而言是最棒的宣傳。真的謝謝你們。」

他向大家深深一鞠躬。

「下次活動不曉得會辦在什麼時候，不過我想在廢校前的旅中做點有趣的事……到時再麻煩大家了！」

我們毫不猶豫地點頭。在這裡出生的人大部分都念過那間學校。儘管稱不上報恩這麼偉大的行為……如果最後能盛大地為它送別就好了。

「那今天就這樣解散！辛苦啦！」

臣哥的解散宣言響徹平房。結束了。要結束了。

忙碌、熱鬧，心情隨時處於激動的狀態下，令人熱血沸騰的一天。

愉快的時間轉瞬而逝。好寂寞。好空虛。

彷彿心中開了個大洞。

不對，覺得「寂寞」太奇怪了。直到數日前，我不是一直孤伶伶的嗎？

關在房間裡打電動、上網……我應該很滿意這樣的日常生活才對。

如果我從未體會過這種感覺就好了。

如果我一直是孤身一人，是不是就不會產生這種空虛感？

故鄉太棒了。害我不小心知道哪裡都有好心人，跟他們在一起會很愉快。

三月廢校，祭典明年也還會辦。

雖然不知道——我還剩下多少時間。

「嗚、嗚嗚……啊啊啊……！不想……上班啊啊啊啊……好不舒服……」

「啊～真是。就叫你別喝太多了。」

艾蜜姊摟著爛醉如泥的臣哥的肩膀，好不容易把他塞進汽車後座，我站在門口目送他們離開。

媽媽好像也喝醉了，睡在暖桌裡。還不都是因為她平常沒在喝酒，剛才卻喝燒酒喝那麼快……

「阿修，來一下。」

坐在駕駛座的艾蜜姊將車窗整個拉下來，招手把我一個人叫過去，動作頗具深意。

「你看過鞘音的官方帳號嗎？」

不知為何，她刻意壓低音量。應該是為了防止不遠處的鞘音聽見吧。

「沒有……因為我有段時間刻意遠離她。剛才那傢伙拿手機給我們看，我才知道的。」

遠離鞘音……正確地說，是讓鞘音遠離我。

「或許是我多管閒事，不過你有空的話，之後去看一下她的官方帳號。因為以鞘音的個性，八成不會主動開口。」

「……雖然我搞不清楚狀況，等我有興致就去看。」

除了那張騎三輪車的照片，她還發了什麼文嗎？

我跟艾蜜姊和坐在副駕駛座的莉潔互相揮手道別，車子消失在視線範圍內後——

「……………………」

「……………………」

就只剩下我們這兩個青梅竹馬。

這裡不愧是鄉下地方，街燈只有幾盞而已，但我們的親密度又沒高到我會陪她回家，而且鞘音家走路五分鐘就到得了。重點在於，這傢伙感覺就不希望我陪她。

「……我要回去了。」

「……嗯。」

僵硬的一句話。

從玄關透出的燈光隨鞘音的步伐逐漸變暗。

「鞘音！」

我忍不住叫住她。

「……………………」

約莫一半的身影混入黑夜中的鞘音，背對著我停下腳步，一語不發。

「今天……妳願意到場的理由，真的是『興致來了』嗎？」

面對我的疑問，鞘音沉默了幾秒。

「……本來沒打算要去的。因為我以為你絕對會逃。」

她像傾訴感情般，斷斷續續地咕噥。

「……不過，你來了。所以我也決定要在你身旁唱歌。」

鞘音留下這句話後，再度踏上歸途，但我還有一件想知道的事。於心底沉澱，痛得猶如在上頭扎根的嶄新記憶。

「最後妳為什麼哭了……？」

我想知道，她為何在演唱會的最後流淚。

「因為五年前……你沒有來。」

——太遲了。一切都太遲了。

就算我現在才開始拚命追趕，也連為期一日的奇蹟都得不到。因為我絕對不可能回到五年前。

一週前，住在附近的前不良少年把尼特抓出家門後，持續到今天的熱鬧時間，僅僅是讓我飛到雲端，再摔回沒有夢想也沒希望的最底層的懲罰遊戲。

「……我要一個人回去了。『青梅竹馬的桐山鞘音』差不多該結束了。」

那是壞心眼的神明，在奪走廢物的生命前施捨給他的幻想。

不需要。這種虛偽的幸福，我不需要。不肯努力、害怕受傷，自己拋棄珍視之人的男人，還以為自己能帶著笑容死去嗎？

還有那麼一瞬間抱持期待嗎？

「……再見，修。」

奇蹟結束了。我們很快又會變得形同陌路。

我只能默默地目送纖細的背影快步離去。

「…………！」

我懷著焦慮的心情，從口袋裡拿出手機。在社群網站上搜尋，打開ＳＡＹＡＮＥ的官方帳號。

鞘音剛才給我們看的照片的前一篇文章……是今天早上傳的影片。讚數和轉發數都非常驚人，下面的正面回應也不計其數。

影片內容是旅名川的各種模樣。恬靜的田園景色和溫泉街、即將廢校的旅名川國中等當地人無人不知無人不曉的情景及居民的組合。

短短一分鐘的宣傳用ＰＶ。

《be with you》的正版音源完美烘托出地方民眾故事的魅力。

前幾天的足壘球比賽結束後，臣哥拍的團體照中，鞘音像在鬧脾氣似的別過頭。再看一次還是令人不禁苦笑。

在許多忙碌的人的協助下，名為松本修的閒人精雕細琢做出的最高傑作，因為是在祭典前一天才勉強完成，幾乎毫無意義——

直到前一刻，我都是這樣想的。

鞘音把我給她的PV上傳了。

影片結尾是我以前拍的國中時期的鞘音。她站在春天的河岸邊……理應被我拋棄過一次的記憶。

以櫻花樹為背景彈著吉他的鞘音，偶爾會露出不假修飾的笑容，影片照理說該結束在這個畫面。

我卻看見無法預見的「後續」。

為什麼「我沒看過的桐山鞘音」出現在影片中？

連創作者都不知道的時間。

因為……最後那段是後來才加上去的。

旅名川國中，體育館旁邊的樓梯下……鏡頭的視角有點低，大概是因為她把手機設置在臺階上，但這點小事一點都不重要。

影片剩下七秒。

背負著對我們來說再熟悉不過的風景的「十九歲的鞘音」。

在鏡頭另一側，溫和地訴說。

我會等待。

請讓我在最喜歡的地方，在最重要的人身邊唱歌。

回過神時，我獨自嚎啕大哭。足以讓視線模糊的淚水自然地湧出，再怎麼擦都止不住。

「嗚……嗚嗚……呼……啊啊……為什麼……我……」

感謝、後悔、謝罪。

這些情緒混合在一起的濁流化為豆大的淚珠滑落臉頰。

雙膝在重力的吸引彎起，我抱緊螢幕中的鞘音。

在無人的自家門前。

就算眼球的水分乾了，還是狼狽地蹲地。

十月十五日——明後天，是那傢伙的生日。

五年前，我從那傢伙面前逃走的日子。

第四章 一個人什麼都做不到

我們從出生時就一直在一起。

同一年在同一間醫院出生，在旅名川長大。走路五分鐘就能到對方家，雙方的母親又是同學，所以我有記憶時，鞘音就已經在我身邊了。

爸爸總是面帶笑容，實現我任性的要求。我想要的東西都會買給我，帶我去各式各樣的地方。

雖然嚴格的媽媽經常罵他「不要太寵修」。

上幼稚園後，爸爸因病去世。

儘管記憶已然模糊，我記得媽媽代替還不理解「死亡」這個概念的我痛哭了一場。

我沒什麼哭。或許是因為有媽媽在，我並不寂寞。

然後——

「我會一直跟修在一起——！」

鞘音也會陪在我身邊。是為我補上那塊欠缺的拼圖的重要存在。

「媽媽！我想去隔壁的音樂教室上課！」

「啥？斯塔林家的嗎？」

升上小學的同時，我拜託媽媽，開始去音樂教室學樂器。

原因很簡單。我想更接近從隔壁對我展露笑容的國中時期的艾蜜姊。想被憧憬的大姊姊稱讚，努力學鋼琴吧……之類的理由。

不曉得是不是感應到我居心不良，鞘音也在幾天後要求去音樂教室參觀學習。

「跟修在一起的人是我才對。」

「哎呀呀，鞘音吃醋嘍～」

「不是吃醋，我是要監視他——！」

參觀完後，她立刻拖著鞘音媽媽過來，叫她在報名表上簽名。

應該剛好是在這個時期。在外面跟人打架的臣哥被國中勒令停學，為了消磨時間開始跟我們玩。

衣服穿得亂七八糟，頂著一頭金髮的臣哥在沒人的旅名川站睡午覺時——

「嘿嘿，那對小學生情侶。要不要跟我玩接龍唄？」

用超像小混混的語氣叫住準備回家的我們。

跟他幾乎是初次見面的我和鞘音覺得自己被不良少年纏上，怕得衝回家避難。

然後召喚了最終兵器媽媽。

「這不是豐臣家的正清嗎！你這小子，竟敢嚇我兒子和他的朋友！」

「他、他是依夜莉姊的兒子喔！歹勢啦！」

臣哥在空無一人的車站前對媽媽下跪，真的遜爆了……

之後閒著沒事的臣哥就常到我家露臉。一下去釣魚，一下騎腳踏車在旅名川飆車……對我和鞘音來說，成了有趣的家鄉的大哥哥。

「嗚嗚嗚嗚嗚……臣哥哥……」

鞘音以前在小學附近的兒童館玩的時候，還跟臣哥哭訴過。因為她玩的鞦韆被高年級生搶走。

「臣哥！教我打架！我要把弄哭鞘音的那幾個高年級生痛扁一頓！」

「哎，冷靜冷靜。跟人互毆對小學生而言太早嘍。雖然是我小學時流行的遊戲，教你一個有運動家精神的復仇方式。」

臣哥安撫著憤怒的我，教了我「四刑」這個遊戲。

將手掌大小的球扔到屋頂上，被點名的人要在不讓球落地的情況下接住球。然後把球扔上屋頂，在球滾下來前點名下一個人，不斷重複……的樣子。

「輸過一次的人算『一刑』。輸四次變成『四刑』的人，要一邊被其他人罵一邊被扔球，處以公開處刑之刑。不覺得是最和平的報仇法嗎？」

我和鞘音學到臣哥傳授的小伎倆，向高年級生宣戰，靠懲罰遊戲狠狠地弄哭他們。單憑小孩子的遊戲把他們慘虐一頓，感覺超爽的。

隔天，那群不甘心的高年級生帶了哥哥過來。穿著旅中制服的男學生們領子上別著國中三年級的徽章。體格遠遠凌駕只有小一的我們。

「只是個想在女人面前耍帥，自以為成熟的臭小鬼啊。若現在道歉，還可以放過你喔。」

他們叫我到最近的農田，用幼稚的方式逼我道歉，但我仍擋在害怕的鞘音前面保護她。

「小學生吵架你們跑來管幹嘛，遜斃了！難怪沒人要！」

「這跟沒人要有什麼關係！等我升上高中，女朋友隨便都交得到啦！」

那幾個男生被我激怒，舉起拳頭，在我面臨危機的瞬間——

「嘿啊。講得好，修！」

他們被人從後面踹倒，難堪地摔在地上。

「國中生去管小學生之間的糾紛，遜斃啦。是依夜莉姊最討厭的類型。」

「豐、豐臣！你這個外人插什麼嘴！」

「哈哈哈！剛好唄！讓我們這幾個外人……好好相處唄！」

我的……我們的英雄臣哥。毫不畏懼國中同學，幾拳幾腳就把他們秒殺，於田裡殞落的男國中生們差點哭出來，落荒而逃。

不愧是可靠的家鄉的大哥哥……天真無邪的我們就此迷上他，不過臣哥似乎別有企圖。

某天……不知為何特別打扮過一番的臣哥纏著我們跟到音樂教室。

「啊、啊~這裡，喔、喔喔，原來是艾蜜莉小姐家啊——」

「你是隔壁班的……豐臣同學？你認識阿修他們呀。」

「對、對啊～修他們拜託我來參觀一下～」

現在的話我會這麼想——並沒有。是你自己擅自跟來的吧。

他跟艾蜜姊的第一次交談尷尬到我笑出來。臣哥僵硬的語氣和肩膀連小學生都看得出來不尋常。

「臣哥超好玩，超可靠的——！」

「哦～真意外。他在學校給人一種不良少年的恐怖印象呢。」

如今回想起來，臣哥應該在暗戀艾蜜姊。

裝出一副不良少年的模樣，卻因為太純情從來不敢跟她搭話。所以他才用那愚蠢的腦袋拚命思考，拿我們當和艾蜜姊交流的橋梁。

我和鞘音都誇了臣哥，所以艾蜜姊好像也放鬆戒心了，「孤高的不良少年其實是個好人」這個給人良好印象的法則，被他拿去用在自己身上。

他們交往的過程暫且不提——

我們一面為兩人純純的愛當推手，每週三次的音樂課持續了六年。青梅竹馬一起去上課，學習音樂的基礎及魅力。

「……我想到一段超棒的旋律，所以我不上課了。」

升上國中後，鞘音變得有點出名。

進入青春期後，她的個性變得文靜許多卻常常翹課，坐在體育館前的階梯上彈艾蜜姊的木吉他。

創造出旋律的片段，頻頻歪頭，反覆嘗試的音樂少女……在學生不怎麼多的學校內，她奇怪的舉動特別引人注目。

在老師的委託下，我按照慣例去把鞘音帶回教室，不過……

「翹太多課會沒辦法升上高中喔。」

「……被時間和規則束縛的你真可悲。」

「呵呵。」

「……吵死了。閉嘴。別笑。」

看見鞘音噘起嘴巴，我忍不住笑出來。這傢伙挺脫線的。

她會一臉正經地講出好笑的台詞，還會愉快地哼著自己寫的曲子，音量大到能傳遍安靜的校內。把和室椅和吉他帶進木造校舍的閣樓，改造成作曲室，違法占據那個地方直到被老師發現。這個事蹟千萬不能忘記。

我很喜歡在旁邊看著天賦異稟的青梅竹馬。

放學後，鞘音會坐在河岸的階梯上，拿著跟艾蜜姊借的木吉他自彈自唱——我最喜歡坐在她旁邊這個貴賓席，看著整片的油菜花，聆聽溫柔的音色。

聳立於身後的櫻花灑下雪片般的花瓣。就算我被春天溫暖的氣候誘惑，不小心睡著，鞘音也會把肩膀借我靠。

「……別帶著那麼蠢的表情睡著啦，笨蛋。」

雖然醒過來的瞬間，她會冷冷地斥責我。

「鞘音……妳身上好香。」

「……這句話太犯規了。」

被誇獎時會害羞地移開視線的可愛的一面，我也再熟悉不過。

「長得好看……眼睛又亮，唔、唔唔！」

「……別得意忘形了。」

臉頰染成淡粉的鞘音用手摀住我喋喋不休的嘴巴。

「可以再讓我躺一下嗎？」

「……隨便你。」

「那我就恭敬不如從命了……好痛！」

我正想躺到她毫無防備的大腿上，被輕輕戳了一下。有時她難得心情好，會讓我躺她的大腿睡覺。

鞘音一降臨河岸，在散步的老人及小孩就會湊過來，最後演變成小規模街頭演唱會的情況也不罕見。

人數絕對不多，但我們的軌跡、道路已經開拓出來了。

我依然心繫於你

I'm still thinking about you

鞘音幫曲子填的詞幾乎都是女性視角。反映了跟喜歡的人距離太近，不知該如何跟他相處的糾結心情，寄宿著希望這樣平凡無奇的日常能永遠持續下去的……願望。

酸酸甜甜又哀傷，充滿青春滋味的情歌——引起強烈的共鳴。

維持比戀人還近的距離相處的兩人，至今仍不知道該如何度過青春。

我們是什麼樣的關係呢？

「修……我希望你跟我一起作曲。」

我們跟平常一樣，在春色的河岸邊互相依偎時，鞘音對我這麼說。

「我從來沒作過曲。」

「我想試試看……我種下的種子，你會怎麼栽培它長大。我想一直跟你一起唱下去……好讓我的聲音傳達給更多人。」

「就算總有一天我會扯妳後腿……？」

「……笨蛋。就是因為有你在，桐山鞘音……才能自在地唱歌呀。」

鞘音害臊地低頭，用手指捲著頭髮。

我沒有自信，身體深處卻湧出激昂的情緒。如果只會一點琴和作曲基礎的我能幫上鞘音的忙……如果我們倆能共享她描繪出的景色。

「好啊。如果妳希望的話——」

對隨處可見的凡人而言，即使只是有限的時間，也沒有比能陪在天才身邊更令人高興的事了。

「答應我。未來碰到迷惘的時候……再在這裡見面。」

鞘音伸出小指。

「嗯，我答應妳。」

我用自己的小指勾住它。

那是國中一年級的四月——遙遠的往昔，我們訂下的不負責任的約定。

「我覺得現在已經不是直接賣試聽帶，在街上拉粉絲的時代了。比較簡單的是在社群網站上開演唱會之類的？然後慢慢提升知名度，成功在當地舉辦個人演唱會——對獨立歌手來說，這算是最理想的流程吧。」

「……原來如此。謝謝妳，艾蜜姊。」

為了提高知名度，我先找住在隔壁的艾蜜姊商量。艾蜜姊已經和臣哥結婚，有了小孩（莉潔），還願意為我們抽出時間。

「啊噗噗～乖喔乖喔～好棒好棒～！做得很好喔～」

鞘音在跟走路走得搖搖晃晃的莉潔玩，先忽略那大幅降低的詞彙量。

「阿修當然也會幫忙對吧？」

「是的。因為我想一直走在鞘音身旁。」

聽見我的回答，艾蜜姊點了點頭，走向我們熟悉的練習室，將一個長方形的琴袋拿來我們所在的客廳。

琴袋裡裝的是我在音樂教室用的鍵盤合成器。

「這是我送你的小禮物。借給鞘音的木吉他也可以不用還。」

「艾蜜姊……」

「我想這條路應該不好走，加油啊，我的學生。姊姊永遠站在你們這邊。」

艾蜜姊慢慢把手放到我跟鞘音的頭上。

謝謝。能遇見像妳這樣的人，我們一定是全世界最幸福的鄉下人。

我們深深一鞠躬，向重要的恩師道謝。

＊＊＊＊＊

我那性急的青梅竹馬，一想到什麼就會立刻採取行動。

鞘音發誓會幫忙老家的農活和認真上課，籠絡好搞定的爸媽。成功讓家人幫她買了智慧型手機，拿來開演唱會的實況。

與此同時，鞘音也開始認真作曲。我則用自己的方式靠鍵盤和編曲軟體，編輯她用吉他或哼歌創作的旋律。原曲大半都是鞘音的功績，由我將特別動人心弦的樂句修得更尖銳。鞘音再加以統整，用吉他弦重新譜曲。

第一首歌在六月時完成了七成左右，我們在學校開演唱會的實況……

「咦、咦……備份？GPS？容量？」

演唱會的實況……

「要怎麼打字……我打不出日文……！」

根本開不成。

午休時間——天兵少女坐在體育館前的樓梯這個老位子，盯著手機螢幕看。沒錯……鞘音是徹頭徹尾的傳統派，不會用電子產品！

「實況和社群網站交給我來弄，妳專心搞音樂就行。」

「……竟然要讓修幫忙，總覺得無法接受。」

鞘音不悅地瞇眼瞥向我，我無視她，接過她的手機代替主人幫忙設定。我先讓手機能正常使用，安裝有名的社群網站跟實況軟體。

我沒有智慧型手機，但我有拿媽媽的手機玩社群遊戲，所以用得很習慣。

「網名要用哪個？也是可以用本名啦。」

「……ＳＡＹＡＮＥ就好。用羅馬拼音。」

以鞘音直率的個性，我還以為她會用本名，沒想到她想了個挺有藝術家氣質的名字。

「……我希望桐山鞘音這名字，只有親近的人才會叫。」

「我也包含在內嗎？」

「……不用我說你也知道吧，笨蛋。」

鞘音用細若蚊鳴的聲音嘀咕道。

我竟然心動了一下……糟糕。鞘音這行為超可愛。

國中一年級。戀愛對我來說還是未知的感情，難道這就是……？不知道！

為了掩飾身心的動搖，我專心幫ＳＡＹＡＮＥ開設帳號。

「沒時間了，可以唱一首歌嗎？」

午休時間剩下五分鐘左右。我決定實況一首歌測試看看。

我將手機鏡頭對著她，鞘音露出比平常嚴肅好幾倍的表情。

不是生氣，大概是在緊張。

「……唉。」

鞘音做了個深呼吸，大概是猜到我苦笑的理由。她僵硬的表情緩和了一些，在我打信號的同時拿起吉他。

「……大家好。我、我是ＳＡ、ＳＡＹＡＮＥ。國中二年級……吧？」

為何是問句？別這樣，會害我想笑。

「當不了職業歌手也沒關係，我想讓我們的歌被更多人聽見。我不擅長說話，而且午休時間快結束了……所以我直接開始唱嘍。」

她冷淡又隨便的開場白也很令人憐愛。

我們……鞘音把我也算了進去，我有點高興。

「這是我們正在創作的原創曲。《be with you》。」

鞘音將注意力從鏡頭上移開，用右手的撥片撥動吉他弦。纖細的音色如同輕撫，歌聲卻中氣十足。

歌聲於亂七八糟的操場上迴盪，在午休時間嬉笑的校內學生也豎起耳朵。儘管這首曲子只是半成品，鞘音的歌依然消去了人們的雜念，令他們聽得入迷。

學務主任第一個開窗，其他教室及教職員辦公室也接連打開窗戶。

彷彿連細微的呼吸聲及殘留的顫音都不想錯過。

雖說是寧靜的鄉下室外，環境也不是完全無聲。照理說會受到春風和車聲的干擾，我的世界裡卻只存在鞘音的歌聲。

——最喜歡了。

真想一直看她唱歌。真想在最近的地方聽她的聲音。

「謝謝大家……哇……！」

演奏完的鞘音察覺周圍的異狀，向後退去。被歌聲吸引來的數十名學生從四面八方圍住她，為她獻上熱烈的掌聲及喝采。

「…………再見！」

啊，逃掉了。

鞘音推開群眾，落荒而逃。我錄下來的影片將她紅著臉跑走的畫面拍得一清二楚。這或許也能當成一個有趣的哏。

機會難得，開個ＳＡＹＡＮＥ的頻道，再把影片上傳到知名投稿網上吧。

鞘音唱的歌不是半成品。不對，是變得不是半成品了。

沒想到……她竟然邊唱邊將還沒寫好的部分自然地唱出來，在表演過程中完成整首曲子。

我感慨良多，同時也為青梅竹馬「桐山鞘音」開始以音樂人「ＳＡＹＡＮＥ」的身分展露頭角，萌生一股不安。

「那傢伙……好厲害。」

鞘音的歌被這麼多人聽見，明明應該高興，我卻有種陪在身邊的「青梅竹馬」離我遠去的感覺。

矛盾的心情悶在心裡，在我心中深深種下焦躁的種子。

「真、真的假的……」

開始在網路上活動後，經過十個月——我每天看到影片的點閱率都會嚇得發抖。主要是出於驚愕。演唱會的影片有超過八十萬名聽眾，投稿網的點閱率也成比例直線上升。

下面的大量留言都是正面評價，在每天固定會開一次的演唱會實況中，當鞘音僵硬地「……晚啊」問好，會有超過數倍的觀眾即時回應。

動不動就跑出來的天然感也為她的人氣推了一把。鞘音成了網路上的流行趨勢女王。

習慣放學後在河岸邊實況後，為了更貼近觀眾，我們設置了大約五分鐘的談話時間。

【SAYANE有喜歡的藝人或音樂類型嗎？】

「……我喜歡哀傷的情歌，不過，教我彈吉他的音樂教室的大姊姊喜歡的歌也有影響到我。例如——」

跟剛開始比起來，鞘音回答得越來越順。雖然還沒辦法讓她自由跟觀眾閒聊，考慮到鞘音她那除了音樂在其他方面都笨手笨腳的個性，可以說是明顯的進步。

「我還只有一首自己的歌，所以今天要唱的是翻唱曲。」

是艾蜜姊常聽的歌的吉他伴奏版。

SAYANE的粉絲主要是十幾歲的年輕人，應該沒幾個人聽過這首以與戀人分別及春櫻為主題的抒情曲。

然而——她光是一面改編，一面自彈自唱，就營造出一種演唱會會場的整體感。

跟有沒有聽過那首歌無關。鞘音的歌聲、演奏、表情，將優秀的原曲擁有的無限可能性帶到不同的領域。

除了原創曲，大部分是既存曲的翻唱版。由我伴奏，鞘音唱歌的鋼琴版雖然也大受好評，希望我們出新曲的留言同樣很多。

「新曲正在寫，請大家等我們一下。」

鞘音不曉得解釋多少次了。

我們的第二首新曲還沒有要完成的跡象。鞘音已經給我能拿來當基底的旋律和歌詞了，我卻陷入瓶頸。每天都在煩惱這樣會不會蓋過鞘音的特色，為自己的存在意義自問自答。

好不容易有了人氣。現在明明是最能引起話題的時機的說……

「要不要做《be with you》的ＰＶ？傳到網路上，宣傳效果應該會不錯。」

這是升上國中二年級的凡人所能想到的唯一選項。聽見這硬擠出來的主意，鞘音「嗯」一聲地同意了。

她光是走在四月下旬的河邊，就像青春電影的一幕。自以為導演的男人使用向艾蜜姊借來的攝影機，拍攝被攝者的笑容。

將美麗的背景襯托得更有魅力的青梅竹馬導致我拿著攝影機的那隻手不小心抖了一下。

「抱歉……我手震，油菜花田那一段我想重拍一次。」

「啥？」

笑臉轉變成怒瞪，好恐怖……

「……我笑得很累耶。因為不習慣。」

她邊碎碎唸邊站回原本的位置。天真爛漫地在油菜花田裡四處走動的少女，甚至讓我想重拍好幾次。

如果這段幸福的時間能無限輪迴就好了。

如果可以不要長大就好了。

…………………………

…………

「仔細拍啦，笨蛋。」

「唔喔……！」

鞘音幾乎整個人貼著鏡頭看，嚇了我一大跳。我太專心了……是說，講起來真羞恥……我被她迷住了，所以完全沒發現鞘音接近。

「那副歌就在櫻花樹前拍吧。拍邊彈吉他邊唱歌——最自然的妳。」

「……知道了。我會認真唱，所以你也要認真拍喔。」

或許是察覺到我躁動的心情，鞘音不屑地瞇眼看著我，然而……

「隨時可以開始。我隨時都能開唱。」

一拿起木吉他，她就瞬間繃緊神情。不像業餘人士的俐落感使我產生這個想法。

她的才能不該埋沒於這種鄉下地方。

她擁有該擄獲許多人，或者拯救他們，讓那些人為她瘋狂到靈魂融化的使命。

我會認真拍的。

我會留下全世界最可愛的……紀錄和回憶。

希望讓歌聲乘著春天的暖意，在翩翩飄落的花瓣中撥動六根吉他弦的青梅竹馬——能一直待在我身邊。

鞘音的使命和我的願望不可能共存。

*****

十月，拖延時間用的青春無情流逝。

鞘音擔心關在房間，盲目地面對琴鍵的我——雙手輕輕貼在沒去鍛鍊演奏技術及編輯技巧，只擅長假裝煩惱的男人背上。然後用太陽般的溫暖，包覆我那虛有其表的自卑感，以及僵硬脆弱的心。

大概是從背後抱住怠惰的我。

「我一個人什麼都做不到。正因為我們是兩個人，才能一路走來這裡。」

「鞘……音……」

「我開始唱歌、開始彈吉他都是起因於要追隨你。以我們的能力，任何夢想都能實現。任何事都辦得到……對吧？」

我也希望。決定要陪著這傢伙的時候，我對此深信不疑。

天才與凡人的差距浮現表面的瞬間。

來得比我想像中還要快。

「只要是修的創作，什麼樣的曲子我都能唱。《be with you》也是這樣寫出來的。」

「是……啊。懷著跟當時一樣的心情——」

已經……走到這麼遠的地方了。

跟「只為鞘音而創作」的去年相比，責任的重量和期待值都截然不同。

……我摸索著能用來逃避的藉口，陷入深不見底的自我嫌惡螺旋。

「兩週後……在旅名川祭辦第一場演唱會吧。然後啊，希望下次能準備很多首新曲，在超大的會場開個人演唱會。」

「嗯……可以的。只要有修在，一定辦得到。」

「今年生日，我沒辦法送妳多好的禮物……」

我將藏在制服口袋的東西遞給鞘音。提早一點送的生日禮物是在春咲市的樂器店買的吉他撥片。國中生只買得起這種便宜貨……不過新曲實在寫不出來，我才想至少賠個罪。

鞘音給我的回應是——謝謝。

她帶著彷彿隨時會放聲大哭的脆弱微笑，向我表達最深的謝意。

「明年生日，我會送妳最棒的曲子。所以，希望妳等我。」

「嗯……我等你。我會一直在我們約好的地方等你。」

真想立刻逃跑。

我沒有自信，也沒有才能讓自己承受住越來越重的壓力。

可是，我為什麼會不小心說出跟真心話相反的傻話？

明明我是個膽小鬼，只會用純粹為了讓鞘音放心的漂亮話打發她。

「……對了，你不買手機嗎？」

鞘音緩緩開口，向我提問。

「嗯——我媽很嚴格，八成要等升上高中再說。」

背部感覺到的溫暖和觸感逐漸遠去。我反射性轉身，看見鞘音撕下一小塊筆記本的紙，在上面寫下數字和英文字，微微別過頭，將紙片遞給我。

「只能打家電超不方便……快請她買給你吧。我……想玩玩看簡訊和通訊軟體。」

我從臉頰紅成夕陽色的鞘音手中，接過寫著她的手機號碼的紙片。

——太卑鄙了。竟然在這種時機告訴我戀愛的滋味。我過熱的心跳快到無法控制。

想待在她身邊。因為她平常悶悶不樂的表情、害羞的表情、忽然露出的笑容，全是我喜歡的女孩——

「我去拜託我媽看看，如果她願意買給我……我會第一個跟妳說。」

「……嗯。我會空著通訊錄等你。」

「呃，至少快點把家人輸進去吧……」

就那麼一點。嘴角揚起那麼一點的妳，我真的最喜歡了。

忍不住拖下去。

我又忍不住把無意義的時間拖延下去了。

在旅名川祭舉辦的首場演唱會盛況空前。

用官方帳號宣傳演唱會的影片後，鞘音的知名度輕易跨越「常識」這個天花板。不曉得是不是人氣的證明，春咲市市中心的國高中生搭電車來旅名川，等待鞘音放學的行為也開始增加。

「鞘音很神經質，可以不要這樣嗎？」

我對特別纏人的傢伙口頭叮嚀，不過……

「你是ＳＡＹＡＮＥ的誰啊？男朋友？」

「不……是青梅竹馬。」

「啊啊～真好，『只是因為家裡住得近』就能跟ＳＡＹＡＮＥ混熟。」

粉絲輕描淡寫的感嘆——

使我下意識握緊右拳，湧起一股想揍他的衝動。

無處發洩的怒氣是被戳中痛處的證明。是精準地點出我現在所在的位置，覆蓋脆弱內心的薄皮被扒掉的焦躁及遷怒。

真沒用。真難堪。可是，不會採取讓人另眼相看的行動。

反正我又做不到，我沒有才能，事到如今才開始努力也來不及。

寬以待己的人一被別人說中就會莫名火大。

嘴上繼續支持鞘音，自己則裝作在煩惱的樣子，不斷偷懶。

第一場演唱會過了一個月、三個月、半年、九個月。

路旁的雜草只是在呼吸著，無意義地讓身體成長，仰望獨一無二的太陽。

我不知不覺升上義務教育的最高年級，需要我用敬語講話的對象只剩老師而已。

「修……勸你最好快點面對現實。」

放學後，班導在指導室跟我商量未來的出路。他苦口婆心地勸告我。

「升學調查表上你寫了想當『作曲家』，我認為這是會過得很辛苦的職業。想靠作曲吃飯，必須要有一點點的才能、努力以及運氣。」

「所以我想現在開始努力。我會在家自學，把我寫的歌投稿到網路上……」

「高中畢業再開始努力會太遲嗎？現在這個時代，只有國中畢業很難生存。等你認清現實想找工作的時候，發現自己拿不出像樣的學歷，選項會大幅減少。」

班導的說法毫無反駁的餘地。他一心為學生著想，當時還是個小鬼的我卻只想跟他唱反調。我的精神比外表還要年輕。

「太遲了。要是我浪費掉那三年，鞘音會走到我無法觸及的地方……」

「修，你聽好。我們大人是會鼓勵小孩『尋夢』，同時也會叫他們『面對現實』，逼他們放棄的不講理的生物。鞘音已經展現出足以讓人支持她的可能性，但你又如何？有多餘的時間，你就拿得出成果？」

「這………」

寬以待己的人的想法被看穿了。

想盡可能拖延時間的想法。

「你們家是單親家庭對吧。選個安全的志願，不是還能幫你的母親減輕負擔嗎？」

人家講了這麼多正確的大道理，最後我只能靠沉默來逃避。

「六月都過了。要準備考試的話，愈早開始愈好。」

現在回想起來，我的班導是以學生為優先的好人。雖然自己是一個人在那邊空著急的笨蛋，只覺得他是不問緣由就否定小孩夢想的那種常見的垃圾大人。

等高中畢業再去念音樂大學或專門學校……我可沒那麼多時間。這也是藉口。

「我現在之所以能跟鞘音在一起，只是因為運氣好，生為她的青梅竹馬……是嗎？」

離開指導室，我自虐地呢喃。

愛作夢卻禁不起挫折的男人徹底迷失未來的方向。

我依然心繫於你

I'm still thinking about you.

將「努力讓大人另眼相看」這個選項，排除在腦海之外。

即將進入初夏時，我們決定在春咲站的站前廣場辦街頭演唱會。在有新幹線經過的大型車站首次正式演出，讓只有行人來來去去的情景瞬間一變。

盛夏的戶外慶典。

源源不絕的人潮令人產生那個錯覺，灼熱的歡呼聲不絕於耳。

我們只有在社群網站和實況中提到要開街頭演唱會，透過網路壯大的粉絲群卻聚集而來，演唱會自然是大成功。

艾蜜姊、臣哥、媽媽也成為一部分的歡呼聲，連文靜的學務主任都來看了。

搞獨立音樂的國中生除了認識的人以外吸引來數百人。這是多偉大的事蹟……同行聽了一秒就會知道吧。帶來兜售的一百張自製CD轉眼間被搶購一空，也能說是出色的成果。

請艾蜜姊幫忙拉小提琴，用我的鍵盤和鞘音的歌聲改編既有的抒情曲。許多人為此流淚的景象，我一輩子都不會忘。

「最後一首歌是原創曲。《be with you》。」

我們演奏的五首歌中，四首是翻唱曲。我咬緊牙關。

至今仍只有一首原創曲的現狀使我煩躁，為自己的無用感到焦慮，在激情盤踞的這個空間中……只有我一個人為這不講理的現實自責不已。

鞘音在那一側，而我在這一側。

我再度深深地體會到，我只能成為一個不知名的路人。

沒運氣的無能夢境差不多該結束了。

誤判收手的時機只會傷得更重。

我必須趁音樂對我來說還只是興趣，就算被飛往天空的翅膀甩下來，也只會受到輕傷的時候傳達「自己的意志」。

街頭演唱會的隔天。

我們翹課了。兩個人一起看著早已凋謝的櫻花和枯掉的油菜花田，沉浸在揮灑汗水的演唱會的餘韻中。不對，是想沉浸在餘韻中。

現在感覺到的只有夏天火熱的陽光在炙烤肌膚，汗水濡溼襯衫的不快。

「我們能走到多遠呢？升上高中、大學，到了更久以後……也能一直向前衝嗎？」

只有妳一個人的話，可以的。妳能飛到任何地方。

沒人能取代鞘音。我的替代品要多少有多少。寄生在受歡迎的人身上，以為自己也有所成就的垃圾，在那之後半首歌都沒寫出來。

拍攝、編輯影片和照片，經營社群網站、徵求開演唱會的許可、搬運樂器、幫忙錄音、慰勞歌手……這點小事，根本是唱片公司或藝能事務所的劣化版。

顯然會在不久後的將來，被專門做這行的大人取代。

「修……你說句話嘛。」

我一語不發，鞘音探頭窺視我的臉。

我看得出用無表情的面具藏住的不安眼神。

「回答我啊……跟平常一樣為我加油啊……修……」

她感覺到了。鞘音隱約發現底層人士在糾結、拖延時間——依然對我露出笑容。將最棒的歌傳達給我。

「以妳的人氣跟實力，地方的個人演唱會都辦得成。可是，照現在的情況……很快會迎來極限。」

「只要我更努力就行。只要我唱更多歌——」

「……不對。只要妳一個人繼續向前，或是找個有才能的人替代我就行。」

我從自己的書包裡拿出超過十張的CD和記憶卡。

「這是這一年來，妳給我的試聽帶……如果我有把它們完成，現在說不定連個人演唱會都能辦。」

「這……不過，你也很努力、很煩惱……」

「不努力的凡人為了區區的『1』滿足的期間，努力的天才正試圖超越過去的成果。妳在只擅長假裝自己很努力的人身邊拿出了『結果』，不斷努力。」

鞘音只能沉默。

因為她知道，毫無根據又膚淺的鼓勵反而會把我逼入絕境。

「妳下意識寫了降低到我這個程度的曲子。明明寫得出更好的曲子，我的存在卻扼殺了妳的才能。」

「你不會說你要放棄吧……？你說過只要我有需要，就會幫我作曲……會一直陪在我身邊……」

鞘音的聲音帶著哭腔，變得越來越脆弱不堪。

「以創造回憶的遊戲來說，妳讓我作了場美夢。但再不準備考試就糟了，我看我也該收手了。」

「騙人的吧……修。你怎麼說這是遊戲……」

「面對現實好嗎？只會動嘴的無能最愛聊夢想了。還跟我一樣膩得快，放棄得也快。」

「我是真的相信……跟你一起的話……哪裡都去得了。我……我…………」

我喜歡的人，一句話都說不出來。

豆大的淚珠不停從眼角滴落，把美麗的臉龐弄得溼答答的。

「妳風靡全國後，我就能炫耀自己曾經幫ＳＡＹＡＮＥ寫過歌嘍。」

「…………了。」

「但在專業人士的世界，有一堆人雖然有才能，最後還是消失了，所以不能保證妳會紅。我會默默為妳加——！」

臉頰痛得陣陣發麻。

與此同時，視界劇烈搖晃，我的玩笑話沒能說完。

「最討厭你了！」

鞘音用混合這兩種情緒的銳利目光瞪著我，賞了可恨的我一個耳光。

悲愴和憤怒。

我只能眼睜睜看著她跑走。

這樣就好。

這樣那傢伙就能獨自前行。

那傢伙很溫柔，所以會想配合無能的步伐。即使那將導致自己的才能被埋沒，她也不會有任何怨言。不會猶豫。

若我只是單純地退出，那傢伙也會跟著離開音樂。

因為她就是那樣的人。

因為她很溫柔……真的是配我太可惜的好女人。

「讓我多聽一些吧……跟其他人一起寫的歌也沒關係……讓我聽妳的聲音吧。」

只要拋棄絆腳石，新的可能性就會來迎接她。那個不服輸的傢伙，就算是為了賭一口氣也會以頂點為目標，以對輕浮男無情的玩笑話報一箭之仇。

「可惡……鞘……音……」

這樣應該就行了，為何我的視線會變得如此模糊？

胸口緊緊揪起，被她打過的臉頰太過疼痛，我杵在少了那傢伙的河岸邊，吐出骯髒的嗚咽聲。

這是我最初的逃避，也是最大的逃亡。

怎麼努力都追不上的話，一切都只是枉然。

既然如此，一開始就認真去做的人才是更蠢的那一個。

這個分歧點，造就了我那逃避大學、打工、就職、鞘音的人生。

我們走過的十五年，共同留下的回憶——是比戀人親近又比戀人疏遠的關係創造出的春色幻想。

在無可替代的這個場所經歷的過於短暫的青春——結束了。

＊＊＊＊＊

不曉得這是第幾天了。

碰觸琴鍵的手指改為拿起筆為大考做準備。

跟青梅竹馬一句話都說不上。

身處同一個班級，我們卻連視線都不曾交錯。班上的人察覺到氣氛不對，每天都在為異樣的光景不知所措。

不是「幾乎每天」。我跟鞘音每天都在一起。

現在要用過去式就是了。

到了十月——畢業的氣息透出的季節，還是沒有改變。就算有旅名川祭和鞘音的生日，結束的青春也不會重來。

鞘音愛翹課和翹掉班會的壞習慣似乎又復發了，班導要我拿講義給她固然令人憂鬱，反正只要拿到她家就好。

放學後。我確定那傢伙的三輪車沒停在我太過熟悉的庭院。看準她不在的時間，將講義交給鞘音的母親。

「你跟那孩子之間發生了什麼事嗎？」

「不……沒有啊。」

我含糊其辭，鞘音的母親煩惱地陷入沉思。

「鞘音最近動不動就出門。像在等人一樣，晚上才會回來。」

只是在外面彈吉他吧。

我這麼告訴自己。

答應我。未來碰到迷惘的時候……再在這裡見面。

超過一年前的約定鮮明地浮現腦海。

我們約好碰到迷惘的時候，要在那裡見面的場所…………不會吧。

十月十五日——我從學校回到擱著積灰塵的鍵盤的房間，從外面傳來冰冷的雨聲。過了五分鐘，雨滴敲得平房的屋頂吵得要命。

現在只是傍晚卻很冷。即使待在屋內，不開暖氣還是會凍僵。

今天是鞘音的生日。

第一個她不在我身邊的生日。

「……可惡！」

好焦慮。手臂在微微顫抖，不只是氣溫造成的。或許是因為我的身體、大腦、記憶，在為未知的空白感到困惑。今天她再怎麼說都會待在家吧。

正常人哪會在這種天氣跑到外面彈吉他。

…………真無聊。

我為了轉移注意力開始打電動，空白卻絕對不會被填滿。

試著打開課本和參考書看，卻無法集中精神。

我撐著傘在蓋過周遭景色的滂沱大雨中行走，以洗淨腦內模糊的霧靄。與那傢伙無關。純粹是我想這麼做。

不可能啦。又沒有多重要的事，怎麼可能會有人在這麼差的天氣外出。

我的鞋子短短幾分鐘就泡水了，褲管也變得跟溼抹布一樣。每當附近有車子經過，泥水都會噴到身上。

塑膠傘已淪為無用的裝飾品。我一心驅使冰冷的身體行動，抵達旅名川大橋，從牆上俯瞰河岸——

「那傢伙在幹嘛啊……」

我一步步後退，無法言語。

因為——全身溼透的鞘音就站在那裡。

春天會是一片油菜花田的地方，現在是青翠的雜草地帶。泥水滴滴答答積成水坑，擴散開來，春天夢幻的景象蕩然無存。

鞘音杵在那冷清的世界中。

彷彿在等待不會來的某人。彷彿早已跟對方約好要在這邊見面。

明年生日，我會送妳最棒的曲子。所以，希望妳等我。

嗯……我等你。我會一直在我們約好的地方等你。

那傢伙傻了嗎？

竟然一直相信這種口頭約定、不可能實現的未來。

她還對用最差勁的方式推開她的垃圾懷著夢想嗎？

別這樣。我不是那種人。

我只是假裝為妳的夢想打氣，害怕受傷，選擇逃避而已。

別用希望追趕從絕望底下逃離的人。

別用美麗的面容占據我醜陋腐朽的心。

看不下去了。我那比糖果還要幼稚脆弱的心——會輕易碎裂。

很冷吧。

很慘吧。

很好笑吧。

逼得青梅竹馬淪落至此的……是誰？

我依然心繫於你

我一輩子都逃不掉。

我所犯下的大罪會一直追著我不放。

即使如此，還是只能逃避。我沒資格得到幸福。

害喜歡的女孩不幸，哪有辦法度過正常的人生？

沒有人會呼喚她。

她等待的人永遠不會來。

我從這個地方逃走了。

從鞘音的臉頰滑落的，不曉得是雨水還是淚水。

看了就痛苦，不論是我還是她，彷彿就連雨滴都能擊潰我們。

這座城市，每個角落都有我跟鞘音的回憶。

每一處的景色都是利刃。

好想離開。

我已經想逃避這一切了。

三月——我升上東京的高中，將在旅名川度過的人生從記憶中捨棄。

沒過多久，我就從網路得知鞘音正式出道了。

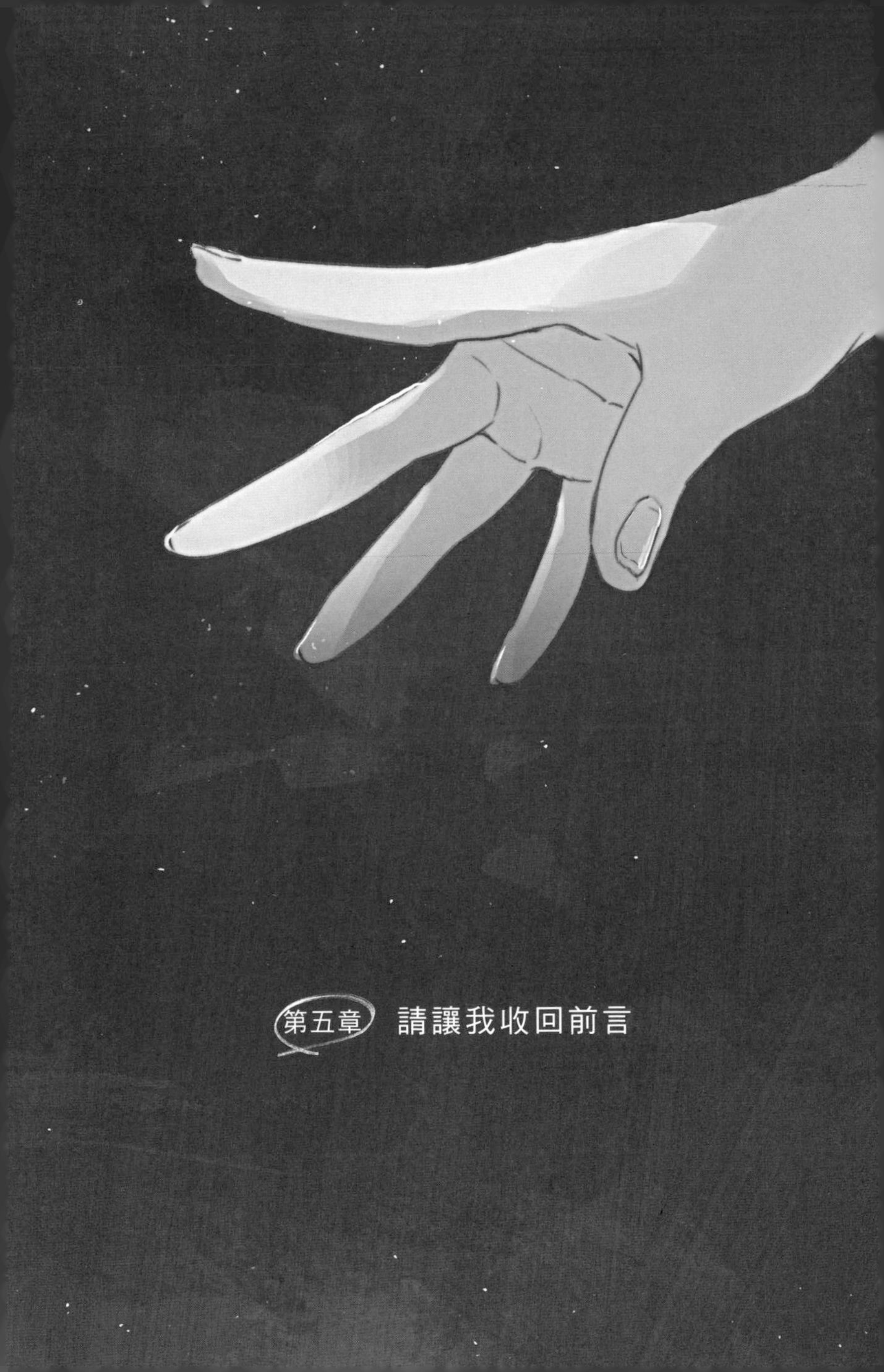

第五章 請讓我收回前言

我想起各種回憶。

大概是因為在我年滿二十歲的這一年，時隔五年與鞘音重逢，透過臣哥和艾蜜姊跟她見面，共同開了那麼一次演唱會──吧。

旅名川祭的隔天。愉快的美夢結束後，迎接我的是空虛的孤獨。我仰躺在房間的床上，一直回顧跟那傢伙之間的過去。

將扔到記憶彼方的碎片一個個撿起來。

明天是那傢伙的生日。她會跟我一樣，邁入二十歲。

……我要一個人回去了。青梅竹馬的桐山鞘音差不多該結束了。

鞘音在昨天分別前留下這句話。

我以為……這是她要回到東京，以ＳＡＹＡＮＥ的身分重新開始活動的意思。那傢伙克服了精神上的問題了嗎？她在故鄉得到了讓自己繼續前進的鑰匙嗎？

怎麼可能……！

我依然心繫於你

I'm still thinking about you.

唱最後那首原創曲時，她哭了。我實在不認為那是喜極而泣。

如果她就這樣回到充滿壓力及期待的孤獨世界……那傢伙會壞掉。

鞘音的表情就是如此虛幻，好像隨時會崩潰，讓我產生這樣的擔憂。故作平靜的面具底下的真實表情酷似杵在河邊的她。

我有股強烈的預感。

鞘音回到東京後，我們就再也見不到面了。

見到她之後要怎麼做，我完全沒頭緒。

雖然我什麼都沒考慮……希望她再讓我聽一次她的聲音。只要這樣就好。

平日午後，多雲的秋空彷彿隨時會落淚。我下定決心，跳上腳踏車騎往鞘音家。

花不到五分鐘就騎進遼闊的庭院，然而……

「那孩子不在家喔。」

走到玄關迎接我的鞘音媽媽乾脆地說她不在。

「鞘音……回東京了嗎？」

「沒有喔，她騎著三輪車不曉得跑哪去了。」

意思是應該不會去太遠的地方。

我向鞘音媽媽道謝，決定前往公民館及旅館所在的區域看看。途中經過了旅名川大橋，冷清的河岸沒有半個人，也沒有單車停在那邊。

「去哪了啊……」

順路去國中晃了一下，也沒看見腳踏車，所以我想不到她會在哪裡。

剩下就是莉潔那邊了……那傢伙或許會去找她。

我跟莉潔有交換通訊軟體的ＩＤ，因此我打算傳訊息問她鞘音在不在。上五堂課的話，這個時間莉潔差不多放學了。

我暫時停下，發送訊息，過了幾秒……

【鞘音　在。】

我收到莉潔的回覆。我問她鞘音在哪裡——

【武道館。】

武道館？莉潔也成了知名吉他手啦。

先省略這無聊的吐嘈，她是不是把兒童館和武道館搞錯了？

小學附近有間旅名川兒童館。

是小學生放學後會去玩樂，等家人來接他們的設施。有能在室內玩的平房，也有能在戶外玩的廣場及遊樂設施。

小三以下的小孩還能拿到點心……這不重要。

總之，我將腳踏車的行進方向切往兒童館。

「果然……」

鞘音的愛車停在兒童館。

就算隔著一段距離，莉潔這個穿哥德蘿莉服的混血兒依舊引人注目。她站在鞦韆上盪鞦韆，旁邊是一名坐在鞦韆上的女性。體型明顯是大人。

「是ＳＡＹＡＮＥ耶——！真的ＳＡＹＡＮＥ——！」

與鄉下地方不相襯的年輕明星。她戴著眼鏡，大概是想喬裝，卻被看穿她身分的孩子們嚷嚷著包圍住。

我……鬆了口氣。因為那傢伙什麼時候離開這座城市都不奇怪。

她還待在我的手、我的話語能傳達到的地方，這令我無比喜悅。

我偷偷繞到他們背後。

「不好意思。我接獲通知說我女兒身邊有可疑的大人，想請妳解釋一下。」

「咦、咦！誤會！我只是來給莉潔治癒的！」

我把手放到鞘音肩上。當事人似乎嚇到了，說著神祕的理由將上半身轉了過來。她立刻發現是我在惡作劇，眉頭緊皺，露出發自內心不耐煩的表情。

好可怕……！妳剛才還自以為是莉潔的家長咧。

本來想藉此緩和氣氛，看來成了反效果。反省一下吧。

「……你來幹嘛？」

「……沒啊，就過來看看。」

「……是喔。尼特族真閒。」

我試著站到鞘音身邊，好尷尬。

雙方都在觀察對方態度的感覺。

莉潔邊鞦韆的吱嘎聲稍微緩和了令人彆扭的沉默。

我望向在附近玩的孩子們，將過去天真無邪的自己重疊其上。跟鞘音在一起，跟臣哥玩，跟艾蜜姊上課……時常面帶笑容。

「……來到這邊，會想起小時候的事。沒有煩惱，沒有痛苦，只是開開心心地玩樂。」

「我也這麼覺得。」

「……為什麼會變成這樣呢？我該怎麼做才好？」

鞘音低下頭，以免脆弱的真實表情被人發現。跟昨天那支配暴風的歌聲截然不同。彷彿會被風吹散的微弱聲音使我的心緊緊揪起。

「妳沒做錯。妳留下了成果，被許多粉絲深愛著，不是嗎？」

「……那是你的真心話？」

「跟五年前一樣。我只是帶著玩玩的心態，所以放棄得也很快。正因為擺脫了那種拖油瓶，妳的才能才沒被埋沒，開拓出出道的道路。」

「……你還是老樣子，不擅長說謊。」

「……我沒有說謊。」

鞘音陷入沉默，握緊支撐鞦韆的兩旁的鏈條。

「……你就是不肯坦承。」

「妳的意思是……我在隱瞞真心話？」

「……『我們都一樣』。」

鞘音把困惑的我晾在一旁，從鞦韆上站起來。以從層層堆疊的積雨雲後方稍微露出頭的暗紅天空為背景，從正面凝視我。

與此同時。

「嘿咻！」

莉潔站在盪到空中的鞦韆上使勁一跳，落地，撿起沒人用的橡皮球高高舉起給我們看。

「有不能退讓的事，就去戰鬥。」

幼女莉潔很會察言觀色……不對，Messiah's name is Liselotte。

她帶著帥氣的表情講出帥氣的台詞，將球遞給鞘音。

不愧是繼承臣哥血脈的被選召的小孩。

看來她很清楚和平的決鬥方式。

「我要用具有運動家精神的復仇方式，制裁從我面前消失的你。敗者……要乖乖被勝者臭罵一頓、痛打一頓。」

鞘音指向兒童館的屋頂。

「現在開始，將對你這個垃圾處以『四刑』。」

如我所願。

＊＊＊＊＊

一滴、兩滴——逐漸變得多到數不清的雨滴從上空灑下。悶悶不樂的天空開始哭泣，使我想起五年前的十月十五日。

「……修！」

「唔！球會旋轉……！」

孩子們早就全跑進兒童館內了。很正常。淋成落湯雞，四肢冰冷，在屋簷底下跑來跑去的大人才有問題。

鞘音扔出去的球旋轉得很厲害，在碰到屋頂的瞬間劃出弧線，於表面滑行。對於待在屋簷下的我們來說，屋頂上是死角。看不清球的軌道，極難預測落點。

鞘音點名我。離球墜落的時間約三秒。

我得在不讓球落地的前提下，接住從傾斜的屋頂掉下來的球——

「這裡……！」

我計算球的落點，往左奔跑，用手指抓住球。

「鞘音！」

我立刻反擊。這次喊著鞘音的名字，把球扔回屋頂。

這場攻防戰持續了好幾回合。

「呼……呼……」

出現了……家裡蹲尼特運動不足。以前這點運動根本不算什麼，現在竟然會因為跑幾步路和丟個球就精疲力竭……！

腳下的泥濘害得雙腿踩不穩，從屋頂灑下的雨水瀑布妨礙接球……導致體力白白消耗，動作明顯變遲鈍，鞘音對我卻毫不留情。

她一下往左，一下往右，讓虛弱的我來回奔波。

「……糟糕！」

我來不及接住它，球就這樣滾到地上。鞘音看準這個機會，逃得遠遠的。

鬼沒能在球落地前接住球時，其他人可以逃走。直到鬼撿球喊停為止。

「停！」

我喊停的瞬間，逃走的鞘音停下腳步。

唔……她逃了二十公尺以上。如果我不能從撿球的位置扔球打中鞘音就算我輸。打中就算她輸。

「我記得……鬼可以動三步對吧？」

「……對。」

每個地區的規則似乎會有些許差異，臣哥定的規則是鬼可以動三步。若不在三步之內跟那傢伙拉近距離，想用球砸中她的可能性很低。

「一——————！」

臣哥式技巧「滑行」發動！藉由大跳爭取比正常走路更長的距離，降落至地，靠摩擦力讓鞋底像雪橇似的滑行。

這樣拉近了約三公尺的距離。

「喂！太卑鄙了！這樣根本不只一步！」

鞘音氣得抗議，被我無視。其他人應該會覺得我們比小學生還幼稚。

「二——————！」

我大跳了第二下。

「三——————！」

我拿溼汙泥當潤滑劑，最後一步也滑了一大段距離。

跟鞘音隔了十公尺左右。

「覺悟吧。我會毫不留情地砸中妳。」

我信心十足，鞘音卻仍從容不迫。

我舉起拿在右手的橡皮球，扔出勝利的一球。

……下一刻，不得不為之語塞。

因為球連鞘音的一根頭髮都沒擦到，成了暴投。球扔出去的瞬間，我的下半身發出悲鳴，姿勢亂掉了。

「你以為區區家裡蹲尼特族，贏得過從未疏於鍛鍊體力的現役歌手？那奸詐的小伎倆對現在脆弱的你來說可是雙刃劍。」

鞘音冷靜地刺激我。

「這還只是『一刑』吧。妳已經覺得自己贏定了？」

「呵……看我五分鐘就讓這場比賽結束。」

輸四次才算輸掉整場比賽，得遭受懲罰遊戲。也就是要等我輸到「四刑」……藏有餘力的鞘音卻對我嗤之以鼻。

打從一開始，我就不可能贏。我連足壘球都踢不好了，為何會中她的挑釁？只要冷靜下來，馬上就能想到不是嗎？

五分鐘後——我輸得落花流水，趴在地上任憑風吹雨淋。

「……你答應比賽的瞬間就等於是我贏了。因為這是我單方面制裁你的懲罰遊戲。」

我或許是想要個藉口。

想要只是閉上嘴巴，被鞘音真實的情感不斷痛毆的藉口。

如果是我自己希望她對不斷逃避的大罪人公開處刑……

我跟在默默邁步的鞘音身後。

跟被處刑人帶走的受刑人一樣，來到過於熟悉的刑場。

旅名川河邊。

拿來當成地名的這條河，沿岸經由人類之手整理過，不過種了櫻花的河堤及油菜花田依舊維持以前的模樣，守望著居民。尤其是春天，溫暖的氣候會為草木添上鮮豔的色彩。

然而，現在卻一片冷清。因秋雨而凍結的自然生命淪為雜亂無章的黯淡深灰色。

與我們極為相似。反映了我們的心情。

竟然會以這種形式回到從鞘音身邊逃離，殘酷地將她拋棄的地方。

種了櫻花的河堤只露出樹幹和樹枝的骨架。

鞘音在那邊轉身，與任由擺布的我面對面。

中傷、責罵、挖苦、諷刺……光憑這點程度的制裁是得不到原諒的。我能得到寬恕的世界不可能存在。承受鞘音所說的話才是我最後的贖罪。

五年後重逢的意義並非青春這種美麗的東西，而是懲罰遊戲。

「為什麼……」

鞘音開口說道。

臉上不是樸克臉——

「為什麼……要丟下我一個人……」

從臉頰滑落的，是混在雨水中的透明淚珠。

我又弄哭鞘音了嗎？跟五年前一樣，害最喜歡的女孩難過，一直折磨她。

「我……不是能待在妳身邊的人……」

「別說話！這是我單方面給你的懲罰！」

鞘音激動地抓住我的領口，蓋過我為了蒙混過關想出的謊言和藉口。

「不工作也沒關係！吃喝嫖賭也沒關係！我不會因為這樣拋棄你！可是……被你拋棄的話……我什麼都做不到……我已經受夠身邊沒有任何人了……撐不下去了……」

沒這回事……妳很偉大，獨自抓住了夢想——

「正因為我們是兩個人，才有了夢想……正因為我們是兩個人，才踏得出去……假裝從身後支持我……結果只有我一個人在那邊興奮……蠢死了……」

我無言以對——千真萬確的事實過於殘酷。

「……你不在以後，我還想過乾脆別搞音樂了……但我找到了一個人唱歌的意義。總之先變有名，讓許多人聽見我跟你一起創作的那首歌……這樣大家是不是就會誇你寫的曲子很厲害……」

我都不知道。我從未試圖去了解。

「所以，討厭的工作我也做了。自己寫的歌被莫名其妙的大人（工作人員）亂搞……照樣一直唱下去。」

別說了。我不想再聽了。

好想塞住耳朵。

「因為我想把我的聲音，傳達給我失去的最喜歡的人，傳達給最喜歡的修——」

妳就為了這種事受傷，扼殺自己的心，弄得遍體鱗傷。

「就算差點崩潰，我還是一路努力過來了。就算見不到你，你跟我一樣在東京，會不會其實就在附近……會不會在為我加油……虧我還這麼想…………」

鞘音抓著我領口的手顫抖著——

「為什麼！為什麼你連螢幕中的我都沒看！我一直在對不斷逃避的你唱歌！吶喊！想傳達給你！傳達給你！傳達給你啊！」

鞘音將附著在喉間的真心話傾訴出來。

待在東京的話，無論如何都躲不掉「ＳＡＹＡＮＥ」。走在路上會從路邊的螢幕或便利商店聽見她的歌，上大學會聽同年代的人提到ＳＡＹＡＮＥ。

好痛苦。鞘音在其他人手下，逐漸變成我所不知道的她。

雖然正式出道了，以全國來說鞘音還是新人。唱為了銷量經過計算的歌，被迫接下她不習慣的綜藝節目和演戲的工作……實在令人不忍直視。

「……你以為只要逃回曾經拋棄過的故鄉，就能脫離苦海？就能擺脫這麼難纏、彆扭的青梅竹馬……？」

我的沉默，已經能說是默認了。

每天，我的心都像要碎掉一樣。

假如我有才能，假如我沒有疏怠於努力，假如我有那麼一點勇氣。

虛無感磨損精神，阻隔外部的資訊。關在公寓裡不出來，不知不覺連大學都休學了……

我徹底失去能暫時逃避的退路。為了忘記鞘音而報名的大學入學考結束了，精神方面的退路被封住，留給我的只剩無盡的自責與後悔。

「……明明是你……讓我變成這樣的。」

「抱歉……」

「……你跟『毒品』一樣。讓人看見美好的幻想後，害我的心產生了渴望。」

「真的很抱歉……」

「……不用道歉。只是我自己『依存』在那種毒品上罷了。」

我只能以死謝罪。

因為浪費時間繼續活著，只會一錯再錯。

「吶，教教我啊……」

「咦……？」

正因為我膚淺的想法被她看穿了，鞘音才仍會跑來依賴我。

夢想著總有一天能取回被人塑造得漂漂亮亮的過往幻想。

僅此一個。

想滿足鞘音的渴望的辦法，大概僅此一個。

「教我如何忘記……跟你一起夢見的幻想。」

*****

「呃……總之，先去洗澡吧？」

穿著工作服的艾蜜姊困惑不已。

「哎呀呀，這兩個傢伙真會給人添麻煩。若這裡是中世紀的歐洲，你們已經死嘍。」

莉潔懶洋洋地聳肩，一臉得意的樣子。

全身溼透的我和鞘音被莉潔帶到三雲旅館。這段時間碰巧是由艾蜜姊值班的樣子，她（帶著苦笑）前來接待我們。

嗯，認識的人突然以落湯雞的狀態出現自然會驚訝。

「借我毛巾擦頭髮就行了……」

鞘音還在客氣，不過——

「……哈啾。」

我聽見跟那張臭臉不相符的可愛聲音。

「看，妳在打噴嚏。感冒就糟了，去泡溫泉啦。」

最好聽艾蜜姊的話。再怎麼硬撐，一眼就看得出鞘音冷得直發抖。她還得騎單車回家，就在這裡躲個雨吧。

然而，鞘音的想法與眾不同。

「艾蜜莉小姐，我會付錢，方便讓我們住一晚嗎？我們倆住一間就好。」

她一面用借來的毛巾擦頭髮，一面問艾蜜姊。

「今天是平日，雙人房是有空房沒錯，不過……你們要一起住嗎？住同個房間？」

「……請不要誤會。這是集訓。我不在的話，這傢伙就會偷懶。」

這傢伙？這傢伙……是誰？呃，我猜得到啦。可是……

鞘音瞥向身後的我，這代表——

「我也要……在這邊過夜？」

「……都說集訓了，這還用問？本來想說在你家辦，事到如今在這邊也沒差了。」

「我沒錢耶……」

「……本來就沒期望跟尼特平攤住宿費。由我幫你付。」

好、好沒用的男人……根本是小白臉……

「交給艾蜜莉姊姊吧！看我讓你們度過最棒的一晚♪」

我被不知為何語氣雀躍的艾蜜姊拉著手臂，半強制地帶到旅館深處。

艾蜜姊好心讓我們包下露天溫泉洗澡。這裡的露天溫泉我還是第一次泡，其他一般客人不能進來，所以最適合靜靜地緩解疲勞。

不管怎樣，泡太久可能會被鞘音罵。

我在男更衣室迅速脫下衣服，隨便在腰間圍了一條毛巾，踏進露天溫泉…………

「咦？」「咦？」

跟緊接著進來的女性四目相交，發出同樣的聲音。雖說她在鎖骨下方圍著毛巾，但那名女性裸露的大腿和肩膀可說是毫無防備。

因冷空氣而變成濃霧的水蒸氣讓這副模樣顯得更加性感。

中長髮以髮圈束起，罕見的馬尾害我不禁看呆了。

「……別想奇怪的事喔，色狼。」

「沒有沒有，咦？妳怎麼在這裡？」

「……我才要問呢。怎麼回事……？」

我在附屋頂的露天溫泉遇見的人是鞘音。

我們都搞不清楚現在是什麼狀況，只能圍著一條毛巾移開視線。

「本店的包場露天溫泉是給家人、夫婦、戀人泡的喔♪請兩位慢慢享受！」

喂！艾蜜姊，妳太晚說了！

艾蜜姊從女更衣室探出頭一瞬間，藍眸閃閃發光，回去工作了。

「艾蜜姊……絕對誤會了吧？」

「……嗯，我大概猜得到。」

八成是以為我和鞘音要趁著和好的氣氛共度一夜……這種讓人頭痛的誤會。我們之間的裂痕可沒那麼容易修復。

不，我們沒仔細說明也有問題……現在該怎麼辦？

「……時間可貴，趕快進去吧。」

這傢伙跟平常一樣泰然自若。

鞘音坐到沖洗身體的區域，想洗淨被泥巴弄髒的身體，然而……

「……哇！好冰！」

冷水淋在身上，嚇得她大聲尖叫。那傢伙其實內心超緊張的吧……？臉也紅紅的，不曉得是不是錯覺。

是說，要洗身體不就代表得把毛巾拿下來嗎？咦？

「……別盯著看。給我去泡澡。」

「是。」

她露出可怕的表情威嚇我……

我盡量避免看到鞘音，泡入顏色混濁的溫泉，觀察正面的庭園。周圍有圍牆，所以從外面看不見。

迴盪四周的雨聲仍未停歇。鞘音洗身體的聲音也不停地搔弄鼓膜。別去注意。別去注意。我們小時候也一起洗過澡啊。

剛才那短短幾秒鐘，青梅竹馬只圍了一條毛巾的模樣映入眼簾。隆起的胸部縱然稱不上豐滿，那緊緻的身體曲線及光滑白皙的肌膚彷彿要把我吸過去。

淋浴的聲音停了。

我聽見水花濺起的生動回音，浴池裡的溫泉漾起波紋。背後發生了什麼事……？

「……別轉頭。」

鞘音開口叮嚀我，或許是預測到了我的行動。

「……我把毛巾拿掉了。」

「喔，因為圍著毛巾泡湯違反規矩嘛。」

松本修啊。什麼叫「違反規矩」嘛！

在那邊裝模作樣，其實我的理智線都快斷了……！

從整體的狀況和氣氛推測，來泡湯的鞘音在我身後附近坐下，泡在浴池裡。

「…………」

「…………」

我們都沒有說話，導致雨聲聽起來格外刺耳。

撲通、撲通、撲通……連我快得異常的心跳聲都聽得見。

我瞄了身後一眼，纖細的美背烙印在眼底。看來我們正以雙膝併攏的姿勢背靠背坐著。

當然，雙方都是全裸。

鞘音難得綁馬尾，平常沒露出來的後頸……十分養眼。

「……你在想奇怪的事對吧？」

「無可奉告。」

直覺真敏銳。

「……欸。」

「幹嘛？」

「……你知道明天是什麼日子嗎？」

我看不見她的表情。

不過，我聽出她微弱的聲音夾雜著不安。

「是妳的生日吧。」

「……那你記得我們國中的約定嗎？」

「未來碰到迷惘的時候……再在那個地方見面。我會在妳生日的那一天，送妳我寫的歌……我不可能忘記。」

雖然兩個約定我都沒有遵守。

「……我希望你在我離開旅名川前履行約定。這樣我就能擺脫你的存在。可以毫無留戀地回去當SAYANE。」

「妳……一個人也能繼續向前邁進嗎？」

隔了數秒的雨聲——

「……嗯。」

鞘音擠出微弱的肯定。

「明天……我會搭最後一班新幹線回去。」

她像在自言自語般輕聲說道，這句話不可能會是要我去為她送行。

怎麼辦……我不知所措。

「妳不能……留在這邊嗎？再一個月……不對，一星期也好。」

我是白痴嗎？

「有很多粉絲和工作人員正在等著我。不能再讓他們被任性的小女生搞得一個頭兩個大了。」

不用想都知道她會這麼回答。

區區一個外行人提出幼稚無知的任性要求，只會讓天才感到困擾。

「所以……儘管只剩下一點時間，我想回到五年前那樣的關係。」

知道了。若「那就是桐山鞘音最後的撒嬌」——

「如果妳希望……我會試試看。這次是只為了妳一個人。」

為了喜歡的女孩，松本修將奉獻遲來的青春。

聽見我的回答，鞘音發出細微的水聲站起來。含糊不清的腳步聲逐漸遠去，彷彿要將熱水一分為二，鞘音在背後的氣息消失了。

她帶著什麼樣的表情呢？

我無從得知。

溫暖冰冷的身體後，接下來要正式開始作曲。

我請媽媽把鍵盤之類的工具和筆記型電腦載到旅館，傳統的和室雙人房化為只屬於青梅竹馬的空間。

艾蜜姊在旅館幫我們清洗髒掉的便服，因此我們現在都穿著浴衣。越來越有集訓當晚的樣子，和鞘音一起慢慢寫出一首曲子。

雖然速度慢得跟遲鈍的烏龜沒什麼兩樣……發燙的指尖將我們描繪出的旋律碎片連接在一起。

對不起，我的愛機MOTIF-ES7。五年來都把你關在狹窄的櫃子裡，積滿灰塵，一定很痛苦吧。再一下就好，為我青春的傷停時間出一份力吧。

為了讓鞘音忘記松本修這個存在，與他一同談論小小夢想的幻想。

維持跟那時候同樣的距離感，編織出沒能傳達給她的東西吧。

「啊啊……吉他……有吉他的話……就能創作出更讚的樂句……嗚嗚……」

由於手邊沒有吉他，鞘音看起來閒得發慌。

「莉潔的聖劍借妳。感謝莉潔吧。」

途中，莉潔拿木吉他來借給鞘音

應該是從艾蜜姊口中得知這件事，特地來幫忙的。救世主大人真的是很厲害的超級幼女。到底是由多優秀的父母養大她的？

「打擾了。晚餐準備好嘍。」

喔喔……說曹操曹操到，笑容過於美麗的母親登場。她用托盤端著用當地產蔬菜及在沿海地區捕到的魚做成的和食。

好想被她服務……可是！

「謝謝艾蜜姊的心意，但比起吃晚餐，我們得專心作曲才行。對不對，鞘——」

「莉潔，好吃嗎？很好吃對吧？要細嚼慢嚥喔，來，咕嘟♪」

嗯。我也來吃吧。看到蘿莉山陶醉地餵莉潔吃飯，我決定放棄想多想。自暴自棄。

好吃！三雲旅館的料理原來如此美味！

燉煮金目鯛！山菜天婦羅！迷你壽喜燒！放在小盤子上的生魚片！用青梅竹馬的錢吃的旅館餐有股魔性的味道——！

「阿修。」

「什麼事？」

「棉被……一床就行了嗎？」

「請幫我們鋪兩床。」

艾蜜姊淘氣地揚起嘴角，先行離開。

那個人是不是超──享受這個狀況？溫泉事件也是，想從奇怪的方向撮合我們。

「聽好嘍～♪外面很暗，回家路上要小心喔。遇到壞人就拉防狼警報器喔。姊姊會去幫妳打飛他～♪好～掰掰♪」

晚餐時間結束，我們從旅館的窗戶目送莉潔回家。

莉潔一走，五秒前還是蘿莉山狀態的鞘音便──

「修，遊戲時間結束了。你不集中精神的話，我會很傷腦筋。」

她瞬間繃緊神情變成音樂人，對此我只能嘆為觀止。

不過，是妳自己玩得那麼開心的耶。

現在開始是不間斷的作曲時間。我們無所不能。只要我們在一起，任何事都辦得到。身體亮起的紅燈無視就對了。

再怎麼說也是成年人和即將成年的人。硬撐一下不會出人命。熬夜、通宵對青春時代而言不是家常便飯嗎？

鞘音想像的景色，以及我想像的景色。融合截然不同的感受性，微苦又酸甜的過去化為一條線重現。

過於接近的兩人走過的道路、誤會、挫折、別離、孤獨……生動又具體的詩成為引導它們的光源的音色。

重逢的兩人未來會是如何，雙方都無從得知。可是，至少在創作中給他們一個幸福的結局也無妨吧。就算是幸福快樂的結局，我也不允許別人挑剔。

會不會賣、外人會不會接受、工作人員和有權人士的方針——不存在任何外界的雜質，只屬於我們兩個的世界。

因為這是生日禮物。

只送給喜歡的人的東西。

我忘我地寫著曲子，陽光在回過神的瞬間照進室內。

房間的時鐘指著早上五點半……就體感來說只過了三十分鐘左右，結果好像花了不少時間。雨聲停歇，冷意驅散了睡意。

不曉得是不是因為精神暫時回到現實了，我感覺到壓在肩膀上的舒適重量。

「呼……呼……」

該把記憶往回推幾年呢？

鞘音竟然頂著天真無邪的睡臉靠在我肩膀上。如此無防備的青梅竹馬，真的好久沒看見了。她鬆懈到我想偷偷對她惡作劇，心裡覺得暖暖的。

「……嗯。」

睡美人醒來了，慵懶地揉著眼睛。

「早安，鞘音。」

「……我竟然會在你身邊迎接值得紀念的二十歲。」

她蹙起眉頭，一副不甘願的樣子，不過——

「……修，我想……再維持這樣五分鐘。」

「嗯，妳想怎麼躺就怎麼躺。」

跟國中時正好相反，令人懷念的對話。

「在履行那個約定前，我不會恭喜妳。」

「……我等你。我會懷抱著期待……等你的。」

如果僅存於此刻的五年前、遲來的青春、這個瞬間能永遠持續就好了。

早晨寒冷的室內鴉雀無聲，彷彿全世界都凍結了，但我沒有阻止秒針繞行五圈的手段。

按照一定規律反映時光流逝的時鐘指針絕對不會停下。

我們的離別——確實在一分一秒接近。

在尾聲將近的有限的青春中，有我不得不做的事。

「來完成它吧。」

我依然心繫於你

I'm still thinking about you

「嗯……我們什麼都做得到。」

我們慢慢地離開對方的體溫和碰觸，面向各自的愛機。

儘管我是個沒優點、沒膽量，只會逃避的垃圾，還是想要最後能笑著死去的資格。讓我用朦朧的光，引導在黑暗中迷失方向的鞘音吧。

讓我為此獻上人生。

我終於確信我的人生是「有意義的」。

或許是通宵造成的……剛才順利想像出的情景模糊不清，用音樂演奏的故事變成斷斷續續的碎片。虧我還自以為年輕，果然不能跟國中時期比嗎？

還是因為淋到雨感冒了……？

黑白琴鍵扭曲成複雜的模樣。

拜託別在這種時候。左手的指尖顫抖著，導致我彈出來的聲音變成不協調音。

我要……寫出最棒的一首曲子。

因為……我希望……鞘音能開心……

我將詳細的編曲跟已經寫好骨幹的ＭＩＤＩ檔合併，把鍵盤接到電腦上錄音。經過更仔細的編輯加以調整，把檔案轉換成一般的音樂檔。

將完成的新曲傳到鞘音的手機，我的任務便到此結束。

「……辛苦了。」

鞘音的這句慰勞聽起來遠在天邊。

她誇獎我的表情……從世界中缺落。

明明我是那麼地想看……她天真爛漫的笑容……

上午退房時，身體的異狀也不只是亮紅燈的等級。

——視界東缺一塊、西缺一塊，思緒模糊不清。

一點都不熱，冷汗卻冒個不停，頭部也傳來陣陣刺痛。

「去河邊吧。等我填好歌詞就為你唱歌。」

不能讓今晚就要離開故鄉的鞘音白白為我操心…………給我騎上停在面前的腳踏車。我想快點在晴朗的秋空下聽她唱歌。

快動。快動啊。小學生都做得到的事，為什麼我做不到？

「…………嗚……我……」

「修……？」

聲音，傳達不出去。

明明我們離得這麼近。

我很期待——這麼一句話，卻無法傳出去。

搞什麼鬼。

那個叫神明的東西，有把人捧到雲端再重重摔到地上的性癖嗎？

喜歡隨心所欲地玩弄最底層的人類，藉此得到滿足嗎？

竟然讓我忘記了。以走馬燈來說，未免太大張旗鼓了。

「處理垃圾用的定時炸彈」，爆炸的時機設錯了啦。

虧我好不容易在人生找到希望。

虧我終於為了履行約定狂奔而出。

什麼時候死都無所謂……這種蠢話，請讓我下跪收回前言。

我——

想活下去。

眼前一片黑暗。

最後看見的——是對我拚命大叫的鞘音。

她的聲音也逐漸遠去，色彩鮮明的世界……徹底化為虛無。

最終章 遲來的青春的盡頭

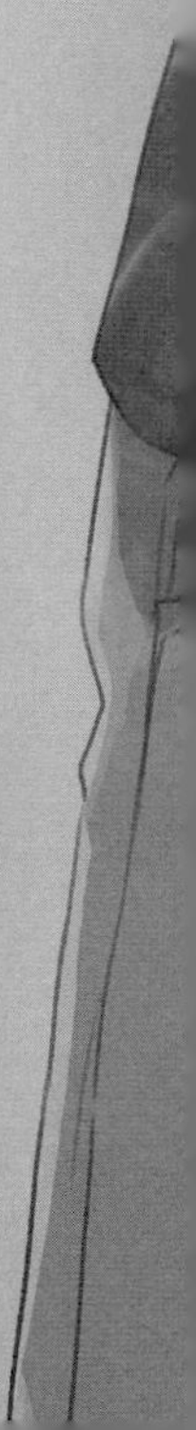

世界慢慢取回顏色，模糊的意識漸漸甦醒。

遲來的青春——結束了。我意識到這一點，是在發現自己被搬到瀰漫藥味的空間後。不久前的畫面不是夢。我不會讓它只是一場夢。

恢復知覺的手指能描繪出我寫好的曲子。也能鮮明地想起鞘音對我說的每一句話。

不過，被我早已遺忘的處理垃圾用炸彈強制劃下句點。

被數不清的病床及醫療器材包圍的治療室。我隱約能理解醫生在旁邊跟媽媽說話。恐怕這裡是我前陣子來過的春咲綜合醫院。

看來我還活著。躺在病床上，但能正常呼吸，身體也能動。儘管還有點頭痛，身體狀況似乎挺穩定的。

並不是……感冒惡化。這是我自己的身體。我最清楚。醫生冷靜地說明病情，不過大部分都是艱澀詞彙的排列，跟前幾天的檢查結果類似。

重點只有「狀況恢復到可以直接回家了」這句話。

我撐起上半身，坐在床邊。

「喂喂……你沒事吧？」

徵得醫師同意的媽媽臉色大變，跑到我身邊。

「沒事了。抱歉，讓妳擔心了。」

「呼……你真會給我惹事啊。聽到你昏倒的時候，我真的超緊張！」

媽媽將肺部的氧氣全吐出來，大概是放下心中的大石了。她穿著工作服，大概是從工作的地方直接過來的。總是害她操心，我實在抬不起頭。

「對了，這件事妳聽誰說的？」

「當然是桐山家的鞘音啊。那孩子幫忙叫了救護車，打電話到我工作的地方，之後給我去跟人家道謝。」

這樣啊，也給那傢伙添了麻煩……

「剛才鞘音也在大廳等，我跟她說了你昏倒的原因，她好像就放心了。」

「放、放心？妳怎麼說的？」

「日夜顛倒的不規律生活加上睡眠不足導致的高血壓。你最近挺忙的樣子，很有說服力對吧？」

當然全是胡說八道。是媽媽基於不想讓鞘音過於擔心所做的貼心之舉。

「那孩子生氣了喔。她叫我跟你說『別害我擔心啊，笨蛋』。」

我能輕易想像出她生氣的表情。儘管接受艾蜜姊的指導、熬夜作曲、睡眠不足是事實，有人願意為我擔心——比什麼都還要令人高興。

我的人生不是只屬於我的。

這二十年來，我是在許多人的扶持下活過來的。

不是能擅自用垃圾、底層人類概括和貶低的廉價東西。

事到如今才感謝太遲了。我怎麼現在才發現……真的有夠廢。

「那……鞘音呢？」

「剛才搭電車回老家了。她說不用看到你的臉也沒關係。」

冷淡的一面實在很符合她的個性。在她要回東京的當天害她陪我來醫院，我深感愧疚。

「她好像把行李收拾完後就回東京了。要不要打個電話給她？」

「我不知道那傢伙的手機號碼……」

「哎呀哎呀，我兒子真卒仔。」

呃啊啊啊……老媽的會心一擊直擊心臟。對不起我是個卒仔兒子。

「還有，鞘音叫我把這交給你。」

她放一片吉他撥片在我手上。是和當時一模一樣的——國中生零用錢能買到的廉價品。

「這是我給她的……」

熟悉的三角形物體是我送給鞘音「抵生日禮物」的。仔細一看，不是全新的。上面有無數疑似使用痕跡的刮痕。

妳那麼珍惜地使用這種廉價的東西嗎……

直到收到真正的生日禮物的那一天……一直相信會有這樣的命運。

「你會出事當然不是睡眠不足。這次症狀算輕微，但就算這是病危的徵兆都不奇怪。」

媽媽口氣變凶了一些。

「放著不管……只會愈來愈惡化。動手術也治不好，或許還會留下後遺症——」

一輩子背負復發及後遺症的風險。

媽媽試圖維持平常的表情，卻咬了一下嘴唇。

「可是……能活著。你能活下去的可能性毫無疑問會提高。」

媽媽牽起我的手，用她的雙手包覆住。

這個觸感也好懷念。爸爸去世後，媽媽握住了我的手。如同絕不放開年幼的兒子那般。

她的手摸起來比記憶中硬了些……但那是她代替爸爸養大我的辛苦的證據。我發自內心為獨一無二的母親感到驕傲。

「病名雖然不一樣……我會忍不住把過世的老公跟你重疊在一起。」

「跟爸爸嗎？」

「那傢伙剛開始也是笑嘻嘻的。等到有自覺症狀的時候，已經太遲了……剩下就是一眨眼的事……」

不用明說，我也知道什麼東西是「一眨眼的事」。

「不過……他直到最後都帶著笑容。他一直以來都是愛撒嬌、很少生氣的人……非常溫柔。同時也是個喜好獨特的笨蛋，會不顧忌地跑來跟國中時期被其他學生畏懼的我搭話。」

「妳沒朋友嗎？我看妳在旅名川祭時被很多同學圍住啊。」

「那是託老公的福。那傢伙被班導杉浦慫恿，邀請我加入樂團……我拒絕不了，只好在校慶上演奏，然後班上的人就開始會找我聊天了。」

「是爸爸跟學務主任打的如意算盤吧。為了讓妳比較好融入校園生活。」

「不知道……不過那兩個人很可能是這麼想的。雞婆到讓人火大。」

媽媽嘴上抱怨，嚴肅的表情卻緩和了些。她大概是第一次跟我提到以前的事。各種充滿新鮮感的小事件隱約看得出媽媽度過了青澀的青春時光。

「我老公去世的時候，我被那個溫厚的杉浦訓了一頓。應該是看不下去我每天在那邊大哭，沉溺在菸酒之中吧。」

腦中浮現來參加爸爸喪禮的學務主任的聲音。

沒時間給妳絕望。妳有必須保護的人。

雖然我只想得起片段的回憶……但這句話他絕對有說過。

媽媽之所以戒掉菸酒——是為了年幼的我。

「我的心靈很脆弱。老公走了以後，我想逃避那痛苦的滋味。可是……因為有你在，我才能重新振作。」

媽媽逐漸語帶哭腔，話講得斷斷續續。

「直到不久前，我都還開不了口叫你活下去……！明明是自己的人生，你卻漠不關心……明明還活著，眼神卻跟死了一樣！」

前幾天的我，表情應該跟殭屍一樣慘吧。

「……不過，你久違地跟正清他們搭上線，為鞘音努力……看起來很愉快的樣子。」

不是「看起來」。大概是真的很愉快。

這一週，我真的過得很幸福。

「所以……我要告訴你！不准擅自放棄人生！我不會寄望你孝敬我或讓我抱孫子……可是，讓我看看你有精神的模樣啊……陪我……說話啊！要是連你都走了……我該……怎麼辦才好……」

「媽……」

「我絕對不准你比媽媽還早死！」

比起憤怒，更接近哀求。過去從未表現的潛藏的弱點。身為母親的脆弱內在，不受控制地滿溢而出。

如今回想起來，檢查出我的病情後，媽媽就會下意識暴露脆弱的一面。跑去依賴已戒掉的菸酒是為了逃避深不見底的不安和失落。

變得這麼寵兒子，是想代替過世的父親一肩挑起扶養他的責任。

如果我走了，鞘音和媽媽會變成什麼樣子呢？

搭乘小貨車回家的路上，媽媽跟我分享了她和爸爸的恩愛事蹟。

想起來會難過。所以她將過去的話題封印了十幾年。

媽媽調侃了我一句：「我們果然是母子」。她說……我們會想將不願面對的過去從記憶中消除的這一點很像。

沒錯，我跟媽媽很像。

無法忘記酸甜的青春滋味。失去珍視之人後，會變得更喜歡對方。對方一不在身邊，就會立刻迷失自我。然後變成廢人。

我們是這樣的母子。

儘管如此，藉由補充不足之處的存在，我們還是能重新振作。

車窗外的景色一片黑。只有小貨車的車頭燈及微弱的街燈勉強照出一條路。不過依然能感覺到我們逐漸接近旅名川。

前幾天我看都不想看到它。希望它永遠隱藏在黑夜中。搬出「不想被鄰居看到」這種鬼理由，狼狽地縮著身體。

現在……不一樣了。

我在主動尋找散落於這座城市的回憶碎片。

我的人生才不是傷停時間，而是起跑點。

「我啊……在昏倒前許了一個願望——我想活下去。」

為了重新走在重要的人們身邊。

「我會動手術。因為我活得這麼開心，又有最喜歡的人在，擁有無可挑剔的人生。」

*****

回到家時，已經快要晚上八點。

鞘音說要搭最後一班新幹線。再三十分鐘，開往春咲站的地方線列車就會到旅名川站。

我在房間不停思考鞘音的事。離別的時間一分一秒接近，卻踏不出第一步。

現在那傢伙背負著職業歌手要背負的東西。光憑鞘音個人的意志無法突破大人的柵欄，她自己……應該也是這個意思。

不過，鞘音的心情又如何？

想在醫院見面的話就能見到，鞘音卻選擇先行離去。彷彿在說不想看到我的臉。

她都特地陪我到醫院了，卻不肯在離開前見我一面——鞘音的心態只有她自己明白。

答案誰都不肯告訴我。我只能自己採取行動去尋找。

我下不了最後的決心，在房間苦思，到了八點二十分。

離那傢伙離開旅名川剩下十一分鐘。在我看時鐘的期間，時間也一分一秒地流逝。騎單車到旅名川用不著十分鐘。

前提是我要能踏出扎根於地面的雙腳。

我有理由去見她。昏倒前聽見的「那句話」不是幻聽。我不希望那只是膚淺的誤會。為我唱歌——這個口頭約定還算數嗎？我隔了五年……履行了約定。將遲到太久的生日禮物送到她手中。

鞘音會在五年後為我唱歌嗎？

雖然這麼做很自私，但我無法坐在這邊空等。直覺瘋狂地告訴我，今天分別後就再也見不到她了。逃避者的思考模式，我可是瞭若指掌。

鞘音已經沒理由見我了。

如果我寫好的新歌能滿足她的依存和渴望。

不過現在反過來了。傳染給我的「渴望」源源不絕地溢出。

這麼想見她，想聽她的歌，胸口痛得緊緊揪起。一旦對對方產生依存，滿腦子都會只想著她的事嗎……！

那傢伙一直在等我。就算我們分隔兩地，還是持續吶喊自己的心意。繞了這麼一大圈，不斷忍耐。我絕對等不了。在遠處吶喊這種拐彎抹角的行為，我做不到。

至少讓我聽聽副歌吧。

有想說的話，就用率直的聲音說出來。

將妳心中的喜怒哀樂直接傳達給我。

我也會鼓起勇氣告訴妳。原原本本地，表明對妳的心意。

由我去見妳。

即使妳沒拜託我，即使會給妳添麻煩，我仍要擅自去見妳。

不會讓妳逃掉。想模仿過去的逃亡者，妳還早一百年呢。

我——會抓住妳。

「對了……！」

我忽然想到一件事，於是便拉開房間書桌的抽屜翻找。

我記得我沒丟掉。捨不得丟掉。

跟鍵盤一樣，沒能處理掉的回憶碎片……

「找到了！」

過了那麼多年，多少有點泛黃的便條紙。上面寫著潦草的十一個數字。

那傢伙不是早就告訴過我了嗎？什麼叫我不知道她的手機號碼，卒仔兒子。只是我自己想遺忘這段辛酸的回憶吧。

明明我完全沒去想過，鞘音是懷著什麼樣的心情告訴我聯絡方式。

我發誓再也不會逃避。

松本修決定好好面對桐山鞘音。

決定賭上一切，一直走在她身旁。

我用自己的手機輸入那個號碼，按下撥號鍵。

迴盪於耳中的是幾聲撥號聲。

…………

……

撥號聲中斷了。

畫面轉為通話中。

疑似四周雜音的聲響傳來，卻完全聽不見對方的聲音。

「………………」

第一通電話是徹底的無語。

說不定她早就換號碼了。

「我……不希望妳去東京！我現在就去接妳……！」

從無言轉為無聲。

勉強成立的對話被單方面掛斷。

離地方線的發車時間剩不到十分鐘。

那傢伙即將離開旅名川。

前往我再怎麼伸手都無法觸及的距離。

「我總是、總是……慢了一步！」

我粗暴地抓亂頭髮，對自己感到憤怒。我到底要重蹈覆轍幾次？在最重要的時候卻步，害怕受傷。

靠近，遠離，再度靠近又遠離……每次都這樣。

我也知道是我自己放開手的，提出這種願望太厚臉皮。可是，我無法不這麼期望。

讓我站在鞘音身邊。今後我會更加努力。

「就這麼一次……！堅持到底吧……！松本修！」

我激勵自己，在自家的走廊上狂奔。

將腳掌塞進骯髒的運動鞋，從玄關衝到屋外。

我可是剛才倒下來的病人，於是我傳了封簡訊告訴媽媽【我去見鞘音】，以免之後被罵，她很快就傳來頗符合她個性的回應。

【戀愛不分早晚。去談一場轟轟烈烈的戀愛吧。】

她都這樣在我背後踹一腳了，我不就只能騎腳踏車猛衝了嗎？

燈光隨著我踩踏板的動作忽明忽暗。腳踏車微弱的車燈照亮昏暗的田野道路，宛如於空中飛舞的螢火蟲。

離旅名川站不用十分鐘……前提是道路平坦的話。

實際上有將近五百公尺的上坡在最後等著我，前單車暴走族的心臟快要炸裂。

「呼……呼……呼……」

大腿內側差點抽筋，疼痛和僵硬感一波波襲來。第一波、第二波及疲勞的巨浪淹沒全身。身體重心不穩，沒辦法走最短的直線距離。

那傢伙掛了電話，雖然是鄉下地方，收訊還算不錯。代表不是因為機器問題或自然現象斷訊，而是對方的拒絕。

不想見我。讓人覺得是在默默傳達這個意思。

那傢伙之前自嘲地說自己愛博取關心，而我也……一樣。對方說不想見自己，擅自逃掉的話，會忍不住更喜歡對方。忍不住追求對方。

想要喜歡的女生關心自己。

想要她待在能直接交談的距離。

想要能不顧妳的意志，自我中心的勇氣。

五年前，我沒能去接妳。

妳願意等我，我卻逃走了。

「…………！」

推力中斷的腳踏車倒向左側，我急忙在翻車的前一秒伸出一腳踩穩。我劇烈喘氣，將氧氣送入肺部。

若是國中時期的體力，應該早就趕到了。心裡只想著向前，身體卻跟不上。跟我心死的時候比起來正好相反。能去卻不動。想去卻動不了。哪有這麼諷刺的事？

「如果妳願意等我……我……一定……會過去……！鞘音啊啊啊……」

既冷又乾燥的秋夜。

乾燥得化為沙漠的喉嚨吐出摻雜二氧化碳的嘶啞吶喊。

朝著沒有人會回答的坡道頂點。

無力蛇行的腳踏車明明快停住了。

發車時間明明早就過了。

「唔……」

重新踩起踏板的腳使不上力，連著腳踏車一起倒在地上。我連感受肌膚磨破的痛楚的時間都沒有，硬是把腳踏車拉起來。

「呼……呼……」

即使受了傷、生了病、疲憊不堪，身體仍願意行動。

因為只要還活著——就能去妳所在的地方。

過去那些逃避、回頭的選項，現在我嗤之以鼻。

…………吵死了。

低沉的排氣聲與輕快的音樂逐漸接近。從旅名川站的方向照過來的車頭燈的源頭是誰，不用特地確認駕駛身分我也知道。

那個人一直如同我的摯友，是可靠的英雄。

停在路邊的黑色廂型車降下電動車窗。

「嗨，單車暴走族。狀況如何？」

「……剛失戀。」

「我不是問那個啦。聽說你身體不舒服昏倒了唄？還有救護車來，這附近都傳開了。」

「沒什麼大不了。只是我不習慣早起再加上睡眠不足。」

這段對話只是開場白。臣哥在這個時機來的理由，我很快就明白了。

「我剛帶愛蜜莉和莉潔為鞘音送行。」

「這樣啊……」

「打電話給鞘音的……是你唄？」

……他都看穿了嗎？不愧是臣哥。

「鞘音把電話掛了。我沒趕上……太遲了。」

看見學弟語帶哭腔，低頭陷入消沉狀態，硬派的學長略顯傻眼地嘆氣。

「真的很難搞耶。超晚熟獨占欲卻很強，還懂得看臉色，所以只有場面話特別會講。」

「是啊……我的個性我自己最清楚。」

「不，我不是在說你，是在說鞘音。我沒看錯的話，她現在把真心話藏在心裡。」

希望她告訴我。

「那傢伙……在開走的電車上，哭了一點出來。」

她真正的想法。

「你該直接去問清楚她的心意唄。現在，立刻。」

「臣哥……」

這個人以前就是很會動歪腦筋的男人。

被帶到旅中的我和鞘音重逢並非巧合。

「男子漢欠人人情就要還。這次輪到我為『你們的青春』出一份力嘍。」

如果鞘音的母親事先告訴臣哥「她所在的地方」——我們相遇可說是必然。

看他擺出帥氣的表情講出這種台詞，我有點不爽，但我不會猶豫。我在心中感謝他報恩的時機抓得這麼準，把腳踏車扔在路上，兩手空空地坐上副駕駛座。

被故鄉拯救，受故鄉的珍視之人鼓勵，我有了一些改變，所以我不會再拖延了。

看我跑完這段青春的餘命（傷停時間），補足因膽小而失去的五年前。

掙扎到最後，勇敢面對，在比賽結束前來個大逆轉。

已經發車的電車的目的地是春咲站。離新幹線的發車時間不到四十分。從旅名川到春咲站，單程要四十五分的車程……吧。

「看你們這樣，就讓人覺得煩躁。」

臣哥邊說邊開車。

「我不清楚你們鬧成這樣的理由啦，但我閉著眼睛都看得出來，你們依然對對方在意得不得了。」

「果然看得出來嗎？」

「廢話。誰教你們都滿二十歲了，還跟初戀的國中生情侶一樣笨拙。」

我都沒自覺……看來我和鞘音身上那經過濃縮的青澀氣息仍未散去。

「你離開鞘音的原因是覺得自己會礙手礙腳嗎？」

「嗯……這次的祭典也是，我的影響力等同於零，全是被鞘音吸引來的觀眾……」

「可是，你的所作所為並非毫無意義。能引出鞘音這個強大的存在，不就是因為你『一直在累積無意義的行為』嗎？」

「累積無意義的行為，到頭來不是一樣沒意義嗎？」

「啊哈哈——！行動的意義和結果並不重要！影響對方的是採取行動這件事本身唄！」

我才剛覺得氣氛挺平靜的，臣哥卻開懷大笑。

「你知道艾蜜莉本來想當職業音樂家唄？一直到高中畢業的前一刻，她都還打算去東京念書。」

「是這樣嗎！」

我知道艾蜜姊以職業音樂家為目標，但還是第一次聽說她本來想去東京。

「身為長男的我得照顧父母，又要幫家裡種田，艾蜜莉也是真的想走音樂這條路。這樣我們會變成尷尬的遠距離戀愛，和平分手也是為了彼此好……當時有這種感覺。」

嚴格來說不一樣，不過臣哥的心情或許跟我頗接近。

「我也有過整天都在為不能妨礙那傢伙追夢而煩惱的日子喔。但我太喜歡艾蜜莉了，所以怎樣都不想跟她分手。」

「那臣哥決定怎麼辦？」

「我得出究極的結論，直接結婚。」

這個人的行動力真是怪物等級。

比靠我們的關係認識艾蜜姊的時代進化許多。

「因為喜歡就是喜歡唄。喜歡到我在當時流行的自我介紹網的『地址』欄，寫了『艾蜜莉隔壁（笑）』。電子郵件信箱當然也是交往紀念日加上Forever的感覺。」

好噁！我雞皮疙瘩都起來了。

「不准苦笑！別嘲笑功能型手機世代的青春！」

「我就是要笑！根本是會行走的黑歷史！」

「我還在等她回簡訊的時候一直去問客服，訊號太差就一股腦兒地搖天線！看到艾蜜莉專用的來電畫面播出來，我超開心的！」

「完全聽不懂你在說什麼！」

臣哥「然後啊～」將愈扯愈遠的話題拉回來。

「我還記得十年前她要去東京的那一天，我在情急之下抱緊準備從旅名川站上車的艾蜜莉，告訴她『我會讓妳成為全世界最幸福的人，彌補妳放棄的夢想』……」

「好做作的台詞。」

「啥？是超感人的求婚場景好唄！」

「嗯……我很崇拜你。臣哥和我不同，很有男子氣概，所以有那個膽量採取行動。」

假如五年前，我也鼓起勇氣……未來是不是就會不一樣？

「雖然我害艾蜜莉跟我一起踏入平凡的人生，但我並不後悔。因為我有自信，就算她能在音樂之路上獲得成功，我也有辦法給她毫不遜色的幸福家庭。」

「艾蜜姊也沒後悔吧。她之前跟我說過……她把夢想託付給莉潔了。」

聽我這麼說——

「是嗎……那就好。當時有鼓起勇氣……真的太好了。」

臣哥露出與他粗獷的外表不相符的溫和表情。

「像我們這種凡人，不在還碰得到對方時抓住她，會後悔一輩子喔。艾蜜莉的進步速度也很快，但跟鞘音根本不能比。凡人雖然也會有千載難逢的機會，普遍都在沒發現的情況下錯過了。即使察覺到，也只有短短一瞬間。」

這句話出自親身體會過的臣哥口中十分有說服力。

我的最後一次機會只存在於這一瞬間。

就連太晚起步的我，只要拚命吶喊也能觸及對方。迷惘的鞘音暫時停下腳步的話——我們的未來，還連繫在一起。

我的人生，一定會通往有鞘音存在的未來。

「把自己的感情全部表達出來，這次不要後悔。什麼為了鞘音好啦、對方的身分啦，統統別管了。一旦喜歡上，誰管那麼多啊。」

「一旦喜歡上……」

「把你是怎麼看鞘音的、你想怎麼做告訴她就對了。只要你將心意傳達給她，鞘音也會全力回應你！」

臣哥左手握拳，朝我伸過來。我也一樣伸出右拳，跟他的拳頭輕輕相碰。

男人的友情真可靠。幫我驅散猶豫的迷霧，推了迷惘的我一把。

「我……很高興能認識臣哥。未來也要請你多多指教了！」

「嗯！我要用最快速度殺過去嘍！」

他大剌剌地咧嘴一笑，再度踩下油門。從窗外看過去的街景已接近春咲市市中心了。

等我。

我不是要去為妳送行的。

我是要去把妳帶回我身邊，給我做好被人告白的心理準備等著吧。

＊＊＊＊＊

「好冷……」

戴著厚手套的雙手相互摩擦。

跟東京比起來，這裡晚上冷很多。肌膚早已習慣的乾燥冷風也要在今天告別了。真是懷念。故鄉的風景、溫泉的香氣、溫暖的居民。

晚上九點零七分——春咲站。從地方線轉乘新幹線的場所。

距離新幹線到站還有一些時間。

我在自動販賣機買了熱可可，坐到小間等候室的椅子上。身體彷彿冷到骨子裡。脫掉手套，鐵罐的微溫逐漸擴散到手掌。

車站內的廣播，通知我在來線（註：新幹線以外的既有路線）和新幹線的末班車時間。再過不久，春咲市就會陷入沉睡。現在這個時間也沒多少乘客，不用戴喬裝用的平光眼鏡也沒關係吧。

旅名川應該早就天黑了。我從老家離開的時候，有亮燈的房子還比較少。

東京到了晚上也一樣亮。我過了一個月左右才習慣。

一想到故鄉，好幾次都差點哭出來的鄉下人。

可是，幾個月後我就適應環境了。因為我在每天忙著上學跟經營音樂事業的過程中，忘記了寂寞。

除了——對修的感情。失去他以後，我對他的渴望每天都不受控地增長。絕對忘不了。

他是個如同毒品的人。即使想跟他斷絕聯繫，大腦也會像毒癮發作般忍不住追求他。

「二十歲嗎……」

沒有實感。儘管外表有所成長，我的內心仍停留在國中時期。我的時間也被束縛在五年前。不對……現在已經是過去式了。

我是為了斬斷對修的依存回來的。為了抹消桐山鞘音的過去，迎接新的開始。

從國中用到現在的舊智慧型手機最新的來電紀錄顯示著沒登錄在通訊錄上的號碼。

「事到如今才第一次打電話給我……什麼意思啊。」

太遲了吧。我可是在超過五年前給你電話號碼的。

我已經不是在你身邊的桐山鞘音了。

都這個時候了……不要打給我。因為我不想在離開旅名川的瞬間見到你。聲音也……不想聽。不能聽。

要是現在見到你，我——

我碰觸將號碼登錄至通訊錄的畫面，過了幾秒按下取消。從來電紀錄中刪除。

這樣就好。我這麼告訴自己。

故鄉比想像中好玩。家人也似乎過得不錯，街景淒涼，但當地人的活力並未因此改變。

幸好有在廢校前去一趟旅中。能跟笨清——臣哥哥和艾蜜姊、莉潔重逢，我很高興。

沒想到會和大家一起參加旅名川祭。

作夢都沒想到竟然能在修身邊唱歌。

愉快的夢遲早會結束。桐山鞘音的時間也馬上要迎來終結。

我不希望每當回到故鄉就會想起那段回憶，所以短期內不會再回來。我一個人也能過得很好。

斬斷留戀和依存，朝看不見前方、不透明的未來邁進。

扼殺自己的意志。感情這種東西大可拋棄。製造以銷量為重的樂曲，迎合大多數人的喜好不斷唱歌。

我是ＳＡＹＡＮＥ——已經不能再為你歌唱。

倒數計時慢慢接近。在我喝完變溫的可可的同時，通知新幹線即將進站的廣播響起。

我依然心繫於你

I'm still thinking about you.

差不多……該走了。

我將空罐丟進垃圾桶，揹起裝木吉他的吉他盒，拖著行李箱離開等候室。還不忘把接在手機上的耳機塞進兩耳。

剛才搭乘地方線時，我一樣在播放重聽了好幾遍的曲子。沒有曲名。因為這首曲子不會公開，不需要裝模作樣的名字。

我為它填了詞，卻沒人聽我唱。

真想在最後唱給他聽。只為了我喜歡的那個人。

我下到空蕩蕩的月台上。新幹線的腳步聲隨廣播慢慢接近，明白地告訴我這場夢境即將落下帷幕。

雖然我不能喝酒，不過在你家辦的酒會……很開心。如果我早幾天生日就好了。

釣魚和足壘球……偶爾玩玩還不錯。你太缺乏運動，給我從頭鍛鍊一遍再來。

旅名川祭……好想唱更多的歌。也想唱新曲，但我想大概沒希望了。抱歉。

充滿苦澀回憶的旅中要廢校，好寂寞。希望至少能由你為我們的回憶送終。

你身體狀況好像不太好，我一直很擔心。難搞的女人要消失了，請你好好休養，盡情享受健康的尼特生活。

心情好的時候，也請去碰碰琴。

為了不忘記《be with you》、無名的新曲……請你彈彈它們。

謝謝你的生日禮物……

喜歡的人為我履行約定，我很幸福。

你寫給我讓我斬斷留戀的曲子，我也不會忘記。我永遠不會忘記今年的生日。

再見，修。

你曾經是桐山鞘音最喜歡的人。

＊＊＊＊＊

臣哥把車停在站前圓環。我跳下副駕駛座衝出去，在通往剪票口的樓梯上狂奔。

絲毫不顧新幹線的發車時間早就過了。

誰管運動不足啊！兩腿的骨頭和肌肉廢掉也無所謂。

讓我見鞘音。

我不想再離開她了。或許連一縷希望都沒有。或許我太晚察覺自己的心意。

站內鴉雀無聲。店家結束營業時間，站務人員及乘客的數量一隻手就數得出來。微弱燈光照亮的等候室裡也沒半個人。

那傢伙正在離開我。前往我拚命伸手也無法觸及的距離。

尋找。不斷尋找。

我在分成好幾個的車站出入口附近四處張望，在無人的售票口和等候室反覆尋找。氣喘吁吁，虐待脆弱如玻璃的雙腿。

找不到。哪裡都找不到鞘音。

尋找不可能在的人，未免太可悲、太難堪了。搞不好我們只是剛好錯過，搞不好她其實躲在某個地方。

比起希望，更接近盼望。促使我行動的只剩下這個了。

我不想後悔。正因為我膽小的行為曾傷害過她，摧毀我們累積起來的信賴，這次——我絕對要追上她。

我唯一想得到的地方是站前廣場。那裡是我和鞘音決定舉辦第一次街頭演唱會的地方，如今只有數不清的長椅佇立於黑暗中。

浮現於腦海的，是第一場也是最後一場街頭演唱會。當時我們還不習慣，所以去市政府徵求許可時被搞得一個頭兩個大。我比鞘音還緊張，當天還肚子痛。準備了一百張左右的自製CD完全不夠賣，買不到的人瘋狂抱怨。

儘管如此，演唱會結束後，我們倆都覺得很充實。我和鞘音在家庭餐廳用飲料吧的飲料乾杯，妄想下一場演唱會要怎麼辦……

各式各樣……各式各樣的畫面接連掠過。

雖然隔天我逃走了，鮮明的回憶不是贗品，也不是幻想。

因為……那傢伙也一樣。我們共有的記憶絕對存在。

我們的軌跡在這個場所……

也確實存在過。

間隔規律的街燈朦朧的光線下，我操作自己的手機。輕輕貼上冰冷的耳朵。

那傢伙的號碼跟五年前一樣。

收訊正常。

足以構成不死心的男人最後掙扎的理由。

…………

……

拜託。

…………

……

即使是太過纖細的絲線，只要沒有徹底斷掉——

在即將響到第十聲的瞬間，機械音消失了。

我反射性檢查螢幕，上面顯示「通話中」的文字及秒數。

「如果我打錯電話，很抱歉。」

原諒我——

「不過，如果妳是鞘音，希望妳聽我說。」

對沉默不語的某人單方面地傳達心意。

「……我害怕被妳拋棄。我知道自己總有一天會跟不上妳的才能，所以假裝為妳打氣……逃走了。」

——聽得見細微的呼吸聲。

「我……不希望妳成為職業歌手！我希望妳為我唱歌！」

『——嗯。我也想為修唱歌。』

聲音……連接上了。

『——你……修想要的話，我就會待在你身邊。永遠待在你身邊。』

有人願意抓住我伸出去的手。

「……為什麼，我們以前沒辦法那麼坦率呢？」

『——青春期……就是這樣。我們的距離比戀人更接近，有些地方不先拉開一次距離，就不會發現……僅此而已。』

出生後十幾年的人生都在青梅竹馬身邊度過的兩人。

在一起是理所當然的關係，因青春期產生變化時，我們不知道該如何是好，連維持青梅竹馬的關係都放棄了。

「假如我們不是青梅竹馬，是不是就不會失去彼此的青春？」

『——不。』

「咦……？」

『——跟你度過的每一天我都喜歡。所以別再說那種話了。』

隔著電話都感覺得到。她好像有點不高興，不知道是不是我多心。

「對不起……」

又被罵了。我大概跟爸爸一樣，是在老婆面前抬不起頭的類型。

『——離開你的五年間不是「空白」。我不想用那樣的詞彙概括。』

「我也這麼認為。正因為失去了比戀人更接近的人，我才能重新確認自己的心意。」

痛苦過後失去的時間不等於一無所有的空白。

迫切渴望，互相追求到堪稱病態的感情確實存在。

『——虧我還想斬斷對你的依存……為什麼要打電話給我？為什麼要來見我？』

「過去，我雖然從妳的身邊逃離了……只有這份心意，從來沒有消失。」

答案只有一個。

「因為我喜歡妳。我發自內心希望妳永遠待在我身邊。」

……沉默壓得我喘不過氣。

聽筒沒有傳出任何聲音。

這也很正常。

「我也最喜歡你了。從很久很久以前就一直喜歡著你。」

因為轉過身，她就在那裡。

帶著柔和微笑，從正面凝視我的女孩。

「妳……不是坐末班車……？」

「……在那種時機打電話……太奸詐了。知道你會來接我，我就必須等待。我會忍不住……想在那個地方跟你一起度過。」

遲來的第一通電話，是將我們牽在一起的魔法。

我發誓會去接她，所以鞘音相信了，為我停下腳步。

五年前我逃避了，但這次，最重要的這一次，我遵守了約定。

「對不起……我真的遲到太久了。」

「……我把你的手機輸進通訊錄嘍。就算你拒絕我也會照做就是了。」

「不如說，麻煩妳了。」

我終於成功追上她。

成功將心意傳達給最愛的人。

「妳一個人會弄嗎？」

「別瞧不起我。我已經不是小孩子了。」

興奮地把我的手機輸進通訊錄的鞘音十分惹人憐愛。

「……你看，好了。」

她秀出登錄完畢的畫面給我看，比全世界的任何事物都還要可愛。

「我本來還以為，遇見妳是因為我們的媽媽是同學，碰巧又住得近，出生在同一年，只是『單純的運氣』。不過，妳不覺得如果是『命運』，聽起來壯闊又浪漫嗎？」

「呵呵……超做作的。這種台詞用在歌詞上就好啦。」

鞘音揚起凍僵的嘴角，露出淘氣的微笑笑出聲。

能夠臉不紅氣不喘地講出這種噁心的台詞，現在的我沒什麼好怕的。

「我——想走在妳身邊。以同樣的速度不被妳拋下。我會努力……會為妳活著，妳願意為我唱歌嗎……？」

「……嗯。」

「妳願意再次跟我共度人生嗎……？」

「……嗯。」

「松本修可以賭上一切，去喜歡桐山鞘音嗎……？」

她的淚水從泛著淚光的雙眸溢出。

看起來真的很高興，纖細得彷彿輕輕一碰就會壞掉。

「慢死了……笨蛋。讓我等這麼多年。」

鞘音忍不住衝過來撲到我懷裡。我用盡全力抱緊她，以免理應早已失去的觸感和香氣逃走。將纖細的身軀及一切擁入懷中。

我不會放手。因為……我們終於心意相通了。

「以後……我想跟你一起開很多場演唱會。」

讓我們辦很多場過去沒開成的演唱會吧……

「想跟你……喝甜甜的酒。」

隨時歡迎。

「跟你一起度過的日子……才不是幻想。」

五年前，我們陷入毒癮與依存的關係。就算物理上的距離拉開了，精神仍無法分離。毒癮發作，對方卻不在身邊。靠得比戀人更近的青梅竹馬，由於太接近的關係焦點對不上。離得太遠則看不見。

我們藉由一同找出適當的距離，笨手笨腳地走近對方。

為此畫下休止符。

能在想碰的時候互相碰觸。妳就在連體溫都能交換的距離。

願意直接讓我聽妳的歌聲。光這樣就夠了。

我依然心繫於你

I'm still thinking about you.

不是青梅竹馬，而是以戀人的身分。

讓我們回歸討論著小小夢想、最自然的時光吧。

「鞘音，生日快樂。」

什麼叫最後要笑著死去。

我要笑著跟鞘音一起活下去。

一直在那個地方——即使命運要拆散我們。

「請讓我為你唱出跟你一起創作的新歌。」

即使重要的人、場所、回憶，被從記憶中奪去。

即使言語機能受損，無法呼喚她的名字。

即使身體麻痺，無法為這個人作曲。

即使雙眼再也看不見最愛的人。

只要有人會因為我活著而得到幸福——

尾聲

枯葉色的風景逐漸重置成純白的畫布。

為了在春天到來時塗上鮮豔的色彩，即將進入造物主用孩童喜歡的粉彩色系顏料一筆一筆上色的季節。

呼出來的氣息也是白色的。冰冷的結晶緩緩從天而降，一接觸到肌膚就瞬間融化。

都市已經在計算離聖誕節還有幾天，旅名川卻沒有太大的變化。只有站前唯一一棵樹木掛著燈光微弱的廉價燈飾。

不過，季節更迭。今年第一場稀稀落落的細雪告知嚴冬的到來。

「……我也很想麻煩你們啊～除了在校生，可以招待歷年的畢業生來參加嗎～？」

「這部分全權交給學務主任您判斷。旅中照顧了我們這麼久，希望能找一堆人來，熱熱鬧鬧地送它最後一程。」

我來到旅中的簡易會客室。經過清掃、整理，離廢校只剩三個月的校舍內變得空蕩蕩。

旅中很快就要消失是事實——我們不得不接受。

坐在對面的學務主任輕啜一口綠茶，拿起桌上的名片。

「是說，松本同學也變成『公司代表人』啦～這麼短的時間就出人頭地了呢～」

「啊哈哈……只是因為這是家『獨立唱片公司』，代表人一定是由我當而已。」

我苦笑著說。

「舞臺增設、花道、照明器材那些由我來準備。我跟公關公司交涉過了，可以用比較便宜的價格租到器材。」

「你們有錢嗎？」

「靠影片的廣告收入和販賣下載版的歌曲，姑且還算有賺錢。雖然主要是靠那傢伙的知名度。」

「不用那麼謙虛啦～那孩子能隨心所欲地唱歌，也是因為你在背後支持她不是嗎～？」

學務主任用輕快的語氣鼓勵有點自虐的我。他滑起不適合他的智慧型手機，「某首歌」颯爽地流洩而出。

「五年前，ＣＤ一下就賣完了，我沒買到。身為你們的粉絲，我都快等不及嘍～」

是我們共同創作的第一首歌。

「肯定會很熱鬧～你們又開始辦演唱會後，這座城市就不再是走向凋零的城市～」

「您言重了。只是想來這邊聽鞘音唱歌的人變多而已。」

「哈哈哈，是我自己這麼認為啦～什麼東西都沒有的地方多了唯一的樂趣……光憑這點就足以讓這座城市看起來閃閃發光。」

學務主任看著窗外，溫柔地輕聲說道。

死氣沉沉，連名字都被奪去，注定終將消失的城市殘骸。讓我們對養育我們長大，守望我們的這個地方、這些居民——做點小小的報恩吧。

因為那是只有我們做得到的事。

「我會盡量幫忙，隨時可以來找我～我很期待三月的旅中告別演唱會喔～」

「……謝謝您！」

我深深一鞠躬，以掩飾突然泛淚的雙眼。

「下次把依夜莉也帶過來吧。我請你們吃點心～」

「是！下次……我一定會跟媽媽一起來。」

三十分鐘左右的會議結束後，我起身準備離開會客室的瞬間——

「……！」

腳絆到桌腳，步履蹣跚。我用右手扶著左側的牆，小心前行，狼狽地打開會客室的門。

拖著感覺遲緩的左腳——向前。

不斷向前。

「松本同學……你該不會『看不見』吧？」

「不……『只是有點看不清楚』。」

我背對擔心我的學務主任，無謂地逞強。

少了一半的世界，靠記憶補足就行。靠那傢伙想像就行。輕而易舉。

「要我幫忙嗎？你看起來很不好受……」

「不會啦。每天都有要做的事，有想做的事，有想見的人——」

即使逐漸失去正常的感覺，我依然穩穩地轉身。

「那樣的日常真的非常愉快。」

我盡全力扯出笑容，好讓這位老人放心。

廢校之前，這幾天我會帶媽媽過來……希望到時能三個人一起吃茶點，在教職員辦公室閒聊。

一定會很有趣。學務主任知道的爸媽的往事，做兒子的怎麼可能不感興趣呢？

戀愛話題就寫在歌詞用的筆記本上吧。

為了讓自己絕對不會忘記。

為了讓自己過了好幾年，也不會丟失純粹的感情。

——我聽得見。那傢伙的，只屬於那傢伙的聲音。

一下就聽出來了。

因為連我死去的細胞都為之興奮。

「她好像來了呢～」

我向同樣聽出來的學務主任點頭致意，前往「聲音的源頭」。

我跟鞘音說有點小事情要跟學務主任討論，所以我還以為她會在家裡等。

那傢伙還是老樣子靜不住。

我沿著教室旁邊狹窄的避難通道前進，差一點被腳邊的花圃絆倒，在多雲的寒空下漫步前行。

記得國中時期，老師託我將翹課的問題兒童帶回教室。

我現在走得搖搖晃晃的這條路線跟當時一模一樣。

接獲整棟拆毀這個餘命宣告的懷舊情景今年就會消失。

不過，沒關係。

從那時候開始——存在於心中的思念，不會被任何人帶走。

因此，她所在的地方我再清楚不過。我們就是在那裡孕育戀情的。

記憶、回憶、歌聲在指引我方向。

確實將我和所愛之人連接在一起。

從體育館通往操場的粗糙樓梯。

少女坐在冰冷的樓梯中間，用艾蜜姊給的吉他自彈自唱。

銀色細雪從天而降，她卻沒戴手套。紅色的精緻指尖裸露乍現，拿起熟悉的廉價撥片撥動琴弦。

她正在哼的詩是描述「成為戀人的青梅竹馬」。比戀人更接近的兩人、失去的青春、五年的依存，神明的惡作劇帶來的重逢。

站在最上層的男人聽得入迷的是濃縮青春書頁的一首詩。

為新歌《Loss Time》填上的歌詞能夠幫助我回顧往昔。

真想在花草染上鮮明色彩的時期，坐在河邊的貴賓席聽。

滿開的櫻花和一整片的油菜花。看著春天的氣息，待在戀人身旁。

將我引導至那個未來吧。

好讓我們的未來也能繼續創造兩人的軌跡。

即使過去的容貌終將遭到侵蝕，只要能想起妳的存在——

我就能無數次愛上桐山鞘音。

愛上回頭望向後方，對我露出自然微笑的她。

一個人什麼都做不到。
可是，兩個人就無所不能。

讓我們前往天涯海角，迎接各種未來。
從這個地方描繪各種夢想。
我們是幼稚愚蠢的小鬼，所以第一首歌是這樣命名的。

與你同在——
be with you

後記

《我依然心繫於你》是以我的親身經歷及想法為基礎創作的故事。我念的國中的傳統是學弟妹會模仿學長姊跟著開始玩音樂，我也跟同學組了五人搖滾樂團。

到現在我都還會和朋友聊以前在當地的夏日祭典和國中校慶上演奏的事，也有朋友在音樂產業工作。

充滿各種回憶的母校因為廢校的關係已經拆掉了。

令人懷念的校舍也不復存在。

經過數年歲月，我為了工作搬到都市。每次趁空檔回鄉時，都會發現風景在慢慢改變。

隨著居民減少，聚集處沒落也是無可避免的事。

還記得倒掉的商店遺址改建成全新的殯儀館時，我內心感到一抹寂寥。

曾有過交流的當地人也隨著我的年紀增長一個個消失。我得知跟兒子分居的鄰居爺爺是孤獨死的。

儘管知道這是無法抵抗的時代變遷，我還是想將焦慮的心情化為實體，傳達出去。

足以構成二十幾歲的年輕人「想寫些什麼」的動機了吧。

明明是完全沒考慮商業利益的企畫，責編卻說「讓這麼好的故事被埋沒太可惜了」，積極地幫我安排出版事宜。真是萬分感激。

在旅名川這個虛構的鄉下城市談的笨拙戀愛。

我在初春寫作、改稿時，聽的是創作歌手石崎ひゅーい的歌《休止符》。

這首哀傷的歌描述男子懷念離開他的女友的纖細情感，與主角修有共同之處，我想——我可能是下意識把它的氣氛跟故事重疊在一起了。

鞘音喜歡這種悲戀的抒情歌，修則喜歡青春龐克風，但本篇裡面沒什麼寫到這部分。

希望能請フライ老師幫忙繪製為故事增添色彩的插畫，能畫出獨特的透明感及色彩的人只有フライ老師而已——我向責編提出要求，值得感激的是對方答應了。每次收到精緻的插圖時，我都發自內心深受感動。

フライ老師，真的很感謝您在百忙之中抽空幫忙。

這個故事到目前為止還只是序章，並未完結。

也許不要寫結局會比較好。

不過如果有人願意見證到最後，我想繼續寫到結局。

あまさきみりと

國家圖書館出版品預行編目資料

我依然心繫於你/あまさきみりと作；Runoka譯. --
初版. -- 臺北市：臺灣角川股份有限公司, 2021.04-
冊；　公分. -- (Kadokawa fantastic novels)
譯自：キミの忘れかたを教えて
ISBN 978-986-524-361-6(第1冊：平裝)

861.57　　110002184

Kadokawa Fantastic Novels

我依然心繫於你 1

（原著名：キミの忘れかたを教えて1）

2021年4月26日 初版第1刷發行
2023年10月16日 初版第4刷發行

作　者：あまさきみりと
插　畫：フライ
譯　者：Runoka

發行人：岩崎剛人
總編輯：蔡佩芬
編　輯：高韻涵
美術設計：莊捷寧
印　務：李明修（主任）、張加恩（主任）、張凱棋

發行所：台灣角川股份有限公司
地　址：104台北市中山區松江路223號3樓
電　話：(02)2515-3000
傳　真：(02)2515-0033
網　址：www.kadokawa.com.tw
劃撥帳戶：台灣角川股份有限公司
劃撥帳號：19487412
法律顧問：有澤法律事務所
製　版：尚騰印刷事業有限公司
ISBN：978-986-524-361-6